Juliette à Québec

Catalogage avant publication de Bibliothèque et Archives nationales du Québec et Bibliothèque et Archives Canada

Brasset, Rose-Line, 1961-

Juliette à...

Sommaire : t. 6. Juliette à Québec.
Pour les jeunes de 10 ans et plus.

ISBN 978-2-89723-814-8 (vol. 6)

I. Brasset, Rose-Line, 1961- . Juliette à Québec. II. Titre.
III. Titre : Juliette à Québec.

PS8603.R368J84 2014 jC843'.6 C2013-942497-0
PS9603.R368J84 2014

Les Éditions Hurtubise bénéficient du soutien financier du gouvernement du Québec par l'entremise du programme de crédit d'impôt pour l'édition de livres et de la Société de développement des entreprises culturelles du Québec (SODEC). L'éditeur remercie également le Conseil des arts du Canada de l'aide accordée à son programme de publication.

Financé par le gouvernement du Canada | Canada

Illustrations de la couverture et intérieures : Géraldine Charette
Graphisme : René St-Amand
Mise en pages : Martel en-tête

ISBN : 978-2-89723-814-8 (version imprimée)
ISBN : 978-2-89723-815-5 (version numérique PDF)
ISBN : 978-2-89723-816-2 (version numérique ePub)

Dépôt légal : 3e trimestre 2016

Bibliothèque et Archives nationales du Québec
Bibliothèque et Archives Canada

Diffusion-distribution au Canada :
Distribution HMH
1815, avenue De Lorimier
Montréal (Québec) H2K 3W6
www.distributionhmh.com

Diffusion-distribution en Europe :
Librairie du Québec/DNM
30, rue Gay-Lussac
75005 Paris FRANCE
www.librairieduquebec.fr

Imprimé au Canada

www.editionshurtubise.com

ROSE-LINE BRASSET

Juliette à Québec

Hurtubise

Rose-Line Brasset est journaliste, recherchiste et auteure depuis 1999. Elle détient une maîtrise en études littéraires et a rédigé plusieurs centaines d'articles dans les meilleurs journaux et magazines canadiens sur des sujets aussi divers que les voyages, la cuisine, la famille, les faits de société, l'histoire, la santé et l'alimentation. Globe-trotter depuis l'adolescence, elle est aussi l'auteure de *Voyagez cool!*, publié chez Béliveau, et de deux ouvrages parus aux Publications du Québec dans la collection « Aux limites de la mémoire ». Mère de deux enfants, elle partage son temps entre la vie de famille, l'écriture, les voyages, les promenades en forêt avec son labrador, la cuisine et le yoga.

À ma mère, qui aimait tant lire des histoires se déroulant dans la ville de Québec.

Samedi 11 février

11 H 45

— Inspirez et mettez-vous à quatre pattes, les pieds écartés à la largeur des hanches, les mains espacées à la largeur des épaules. Expirez, retournez les orteils et soulevez le bassin en poussant les talons vers le sol. Len-te-ment. Détendez maintenant la nuque, relachez les épaules et gardez la posture *Adho Mukha Svanasana,* chien tête en bas.

— Hein ? Quoi ?

— Chut, souffle maman. Regarde comment s'y prend la prof et fais simplement la même chose.

Je ne sais plus comment elle a réussi cet exploit, mais ma mère m'a convaincue de l'accompagner à son cours de yoga du samedi. Misère ! Dire que je pourrais être chez Gino en train de jouer à un jeu vidéo ou, mieux, au Carnaval d'hiver avec Gina et sa mère…

— Inspirez et ramenez maintenant les mains vers les pieds. Expirez, poussez les genoux vers l'arrière, laissez votre colonne vertébrale s'allonger vers le bas et posez vos mains au sol. Inspirez et redressez lentement le buste tout en tendant les bras vers le ciel, *Tadasana*. Expirez, ramenez les deux bras le long du corps dans *Samasthiti*. Respirez. Expirez et joignez les mains ensemble. *Namaste*.

— Oh là là, elle n'est pas facile à suivre la prof. Et puis, c'est quoi l'idée de prononcer tous ces mots bizarres ? chuchoté-je. C'est quoi cette langue-là ?

— Chuuut, répète maman. C'est du sanskrit, un langage en provenance de l'Inde, vieux de plus de deux mille ans, comme l'est le yoga.

Deux mille ans ? C'est sûrement pour ça que les mouvements sont si lents que je risque l'endormissement. C'est vrai, quoi ! Personnellement, j'aurais préféré quelque chose qui bouge un peu plus. Qu'elle m'emmène par exemple au gym pour faire de la musculation ou du *spinning*, comme le fait souvent Ginette, la mère de Gina. Mais ce n'est pas le genre de ma mère, la très chère. La vérité, c'est qu'elle n'apprécie que ce qui est bizarre ou démodé, comme le yoga ou le pâté chinois végétarien aux lentilles. Maman est née dans les années 1970, ce qui veut dire qu'elle a plus de quarante ans. Vous vous rendez compte comme elle est vieille ?

12 H 22

— Maintenant, allongez-vous sur le dos, et préparez-vous pour la relaxation finale, *Savasana*, ou la posture du cadavre.

Eille ! Tu parles d'un nom pour une posture ! On n'a pas tous un pied dans la tombe ici, m'dame. Enfin, j'ai survécu à une séance tout entière sans mourir d'ennui, c'est déjà ça…

— Immobiles, les yeux fermés, res-pi-rez. Les paumes tournées vers le ciel, concentrez-vous sur le souffle de votre inspiration et de votre expiration, et sentez se dissiper toutes les peurs, les angoisses et les incertitudes qui alourdissent votre cœur. Prenez conscience de cette source inépuisable de paix et de sérénité qu'est votre respiration.

Hum. C'est vrai que c'est relaxant de respirer. Je crois que je vais réellement m'endormir finalement.

— Zzzz…

12 H 30

— Alors, pucette, comment as-tu trouvé ta première expérience en tant que yogi ? demande ma mère tandis que nous nous dirigeons vers le vestiaire.

À voir sa mine radieuse, on dirait que nous venons de sauter en parachute ou de faire du deltaplane.

— Tu tiens vraiment à le savoir ?

— Pourquoi pas ?

— Ne te sens surtout pas obligée de m'emmener la prochaine fois.

— Ça va, j'ai compris !

Elle hausse les épaules, l'air faussement vexée.

Ben quoi ? On est samedi, sapristi, et il y a plein de trucs intéressants à faire le samedi. En particulier pendant le Carnaval. Parce que, depuis une semaine déjà, le fameux Carnaval d'hiver de Québec bat son plein et je meurs d'envie d'y participer, moi. M'man a promis que nous pourrions y retrouver Gina et sa mère, dans le courant de l'après-midi.

12 H 35

En sortant du bâtiment, je suis surprise par la douceur de la température. Le thermomètre doit osciller autour de moins cinq degrés Celsius. C'est exceptionnel pour cette période de l'année, alors que le mercure a plutôt l'habitude de frôler les moins quinze, moins vingt-cinq degrés ou pire. Et c'est surtout la température idéale pour s'adonner à des activités extérieures. ☺

—On va rejoindre nos amies maintenant?

—Un peu de patience encore, pitchounette. On n'a rendez-vous qu'à 14 h 30. On va d'abord à la maison déposer nos affaires et se changer. J'ai pensé qu'on pourrait ensuite prendre le métrobus jusqu'à la Haute-Ville. J'aimerais voir ce qu'il se passe du côté de place D'Youville avant de rejoindre Ginette et Gina. Ça te dit d'aller manger au Il Teatro, le restaurant du théâtre Capitole?

—Oh oui! (Yééé! C'est un restaurant italien, et j'adore les plats italiens moi! Le savais-tu? ☺)

Le studio de yoga est situé rue Saint-Joseph Est, au coin de la rue du Pont, dans le quartier Saint-Roch, c'est-à-dire en plein cœur de ce qu'on appelle la Basse-Ville et à quelques minutes à peine de notre petite maison, rue du Parvis. Une petite marche et nous voilà de retour.

12 H 45

—Enfile des bas de laine, poussinette, et n'oublie pas de mettre ton foulard, ta tuque et tes mitaines.

—Oui, m'man. Mais ça te dérangerait de m'appeler Jules au lieu de me donner tous ces surnoms en “ette” qui sonnent comme bobette, lavette et débarbouillette ?

— T’es si mignonne avec ce nouvel ensemble, pomponneeette !

— Grrr...

(C’est fou ce que je suis respectée dans cette famille ! 😝)

Pour une fois, je ne rouspète pas trop. Ma grand-mère m’a acheté un habit de neige neuf, et j’avoue que je me trouve plutôt chic dedans, d’autant plus que mon bonnet et mon foulard s’agencent parfaitement avec le tout. Si nous passons le reste de la journée à l’extérieur, mieux vaut être habillées chaudement.

13 H

Aussitôt dit, aussitôt fait. Nous nous empressons d’attraper le métrobus, au coin de la rue du Pont et du boulevard Charest. Celui-ci nous emmène jusqu’à l’angle du boulevard Honoré-Mercier et de la célèbre rue Saint-Jean. Au pied de la toute aussi fameuse porte Saint-Jean, la place D’Youville se déploie sous nos yeux, magnifique. Ce vaste espace marque la frontière entre la colline parlementaire et le Vieux-Québec, les deux secteurs les plus touristiques de la ville. On y trouve le Palais Montcalm et le théâtre Capitole, deux importantes salles de spectacle. Trônant en plein centre, un monument particulier m'a toujours intriguée. Il représente six femmes habillées de longues robes.

—Dis, m'man, elle s'appelle comment cette sculpture ?

—*Les Muses*. C'est une œuvre d'Alfred Laliberté, un des plus célèbres sculpteurs québécois.

—Il est toujours en vie ?

—Non, il est décédé en 1953. Le monument est un don qu'a fait le gouvernement du Québec à la Ville de Québec à l'occasion de son 375e anniversaire.

—Oh ! Et il représente quoi ?

—Les muses sont des déesses destinées à inspirer les artistes dans différents domaines. Celles-ci symbolisent la musique, l'éloquence, la poésie, l'architecture, la sculpture et la peinture.

Sacrée maman : une véritable encyclopédie sur pattes !

14 H

Comme à chaque fois que nous venons au Il Teatro, j'ai commandé des spaghettis à la sauce bolognaise. Miam, j'adore ! Nous avons de la chance, une table près de la fenêtre s'est libérée au moment même où nous faisions notre entrée dans le restaurant et, de nos sièges, nous avons une vue sur la patinoire extérieure et des décorations hivernales ornant la place. C'est si beau ici, c'est magique ! ☺

Une fois mon repas avalé, j'observe les patineurs qui glissent harmonieusement sur une glace aussi lisse que la surface d'un miroir. Je ne tarde pas à constater que la plupart d'entre eux se tiennent par la main, deux par deux, en amoureux. Je me demande si Gino sait patiner…

Tout à coup, j'aperçois Youssef, un nouvel arrivant à l'école, qui passe devant la fenêtre sans me voir. On jurerait qu'il arrive de la porte Saint-Jean. Il s'est joint à nos classes à la mi-novembre et tout le monde s'accorde pour dire qu'il est un peu… mettons bizarre. Je me demande d'où il vient comme ça, tout seul. Oups, mais je rêve où il entre par une porte de côté de l'immense tour à bureaux de granit rose bordant la place ? Que peut-il bien aller y faire un samedi ? J'aimerais bien savoir comment il s'y est pris pour ouvrir la porte puisque, à ma connaissance, les bureaux sont fermés la fin de semaine… Hum, décidément, il est réellement étrange, ce nouveau ! Et s'il s'était introduit là-dedans par effraction ? Ben, non, je divague, il n'a que treize ou quatorze ans. C'est bien trop jeune pour être un cambrioleur! Quoique…

— Tu m'as l'air bien rêveuse tout à coup, poussinette!

— Hein? Quoi? Non, non.

Je me tortille sur ma chaise, pressée de changer de sujet.

— On va rejoindre nos amies, maintenant?

— Oui, c'est l'heure, et j'ai moi aussi très hâte de voir les monuments de glace.

14 H 30

Gina et sa mère ont prévenu qu'elles nous attendraient sur le trottoir devant le Palais de glace, en face de l'hôtel du Parlement de Québec. Boulevard Honoré-Mercier, d'énormes inukshuks tout blancs, dressés pour le Carnaval et habillés de ceintures fléchées, nous montrent le chemin. Le moins que l'on puisse dire, c'est que le palais ne passe pas inaperçu. Wow! Reconstruit chaque année sur le même site et à la même époque, il est constitué de gigantesques blocs de glace (pesant au total plus de trois cents tonnes, paraît-il). Encore une fois cette année, je le trouve magnifique! On se croirait au palais de la reine des neiges, mais il s'agit plutôt de la maison de Bonhomme, un personnage tout en rondeur mesurant sept pieds de haut et rappelant un bonhomme de neige. Vous en avez entendu parler ? Avec son bonnet rouge et sa ceinture de laine tressée aux doigts, il est le roi de la fête ! ☺

Ma mère est aussi excitée que moi. Il faut dire que l'ambiance est formidable. On entend de la musique et les gens se dandinent en suivant les indications de Bonhomme, qui tape des pieds et des mains ou soulève la jambe et les bras plus haut qu'une danseuse de *French cancan*. Oooh, c'est trop drôle ! J'ai tellement hâte de trouver nos amis pour me joindre enfin à la foule ! Volubile, comme à son habitude, maman m'explique, tout en gesticulant comiquement (je crois qu'elle essaie de danser, elle aussi), qu'il s'agit du plus important carnaval d'hiver au monde.

— Savais-tu, pitchounette, qu'il y avait déjà une fête d'hiver chez les habitants de la Nouvelle-France ?

— Euh... non. Je ne me souviens pas que mon prof d'histoire nous en ait parlé.

— À cette époque, déjà, nous avions l'habitude de fêter entre amis et voisins l'approche du carême, c'est-à-dire les quarante jours précédant Pâques.

— Ah bon !

— Mais les premières festivités officiellement appelées « Carnaval de Québec » datent de 1894. Elles ont été interrompues pendant la Première Guerre mondiale, la Grande Dépression et la Seconde Guerre mondiale, mais ont repris en 1955 et se sont renouvelées chaque année jusqu'à aujourd'hui, entre mi-janvier et mi-février.

— Eh, ben ! Oh, regarde là-bas, c'est Gina et sa mère ! Ginaaa ! Gineeette ! On est làààà ! m'écrié-je avec de grands gestes des bras dans la direction de nos amies.

Ouf ! Sans elles pour me sortir de là, j'en avais pour l'après-midi à me croire dans la classe d'histoire de monsieur Cayer. Ma mère, elle est super drôle et je l'adore, mais on dirait parfois qu'elle s'est donné pour mission de me transformer en singe savant... Votre mère à vous, elle se prend aussi pour la maîtresse ? Celle de Gina est beaucoup plus relax, je trouve. Non seulement elle s'habille et se maquille en tout temps comme un véritable mannequin, mais elle aime la même musique que les jeunes, joue à des jeux vidéo avec Gina et lui passe tous ses caprices.

Maintenant que nos amies sont là, on va enfin véritablement s'amuser !

16 H

Après avoir bien bougé, nous décidons de changer de lieu. Gina et moi voulons voir les monuments de neige sur les plaines d'Abraham. « Les plaines », comme on les appelle ici, ce sont les quatre-vingt-dix-huit hectares d'un immense parc urbain situé non loin du Parlement et accessible par la Grande Allée. L'été, on y fait des pique-niques et du vélo et on y assiste à des concerts en plein air. L'hiver, on peut bien sûr s'y promener en raquette ou en ski de fond mais, à l'occasion du Carnaval, le site se transforme en un gigantesque terrain de jeux nordiques. C'est aussi là qu'a lieu la compétition internationale de sculpture sur neige, une tradition qui nous est chère. Des sculpteurs venant de partout sur la planète viennent se mesurer à nos propres artistes, et les œuvres que ces gens réalisent sont aussi colossales qu'éphémères. Taillées dans des blocs de neige ou de glace, à la pelle ou à la tronçonneuse, elles sont parfois absolument délirantes.

Plus loin, une vertigineuse pente de glace a été aménagée pour les braves afin d'y glisser en traîneau. J'adore sentir mon cœur s'envoler tandis que la luge prend de la vitesse. Aaaaah ! Gina et moi avons beaucoup de plaisir à hurler de frayeur pendant la descente. Les moins téméraires peuvent dévaler des couloirs de glissade sur neige confortablement assis sur des chambres à air. Maman et Ginette préfèrent ceux-là. ☺ Elles aiment aussi les promenades en carriole et la grande roue, qui offre un panorama spectaculaire des alentours. Mais les sensations que procure ce manège d'un autre siècle ne sont pas assez fortes pour Gina et moi. Notre activité préférée, entre toutes ici, année après année, c'est la randonnée en traîneau tiré par des chiens ! Nous sommes folles de joie lorsque nos mères acceptent de nous l'offrir. C'est une expérience sans pareille, magique. Vous avez déjà essayé ? Il faut le faire au moins une fois dans sa vie, parole de Jules !

J'ai toujours aimé les chiens, et j'ai une affection particulière pour les huskys, les chiens d'attelage les plus courants. Faire une promenade avec eux, une fois par année, c'est un peu comme renouer avec le mode de vie de mes ancêtres coureurs des bois. Je sais, ça peut paraître vieux jeu mais, le temps de la balade, j'aime rêver que je suis une pionnière qui vit dans une cabane au fond des bois, qui ne va presque jamais à l'école et qui s'habille en peaux de bêtes. Yahooou !

Il a beaucoup neigé la nuit dernière, une neige lourde et collante qui a adhéré aux branches des

arbres. C'est féérique et je ne me lasse jamais de ce spectacle. Vive l'hiver!

18 H

Il fait nuit depuis un peu plus d'une heure et l'excitation est palpable autour de nous. C'est ce soir qu'a lieu le fameux défilé de nuit du Carnaval à la Haute-Ville et, depuis un moment déjà, les gens affluent par centaines depuis la Basse-Ville et les environs pour se masser joyeusement sur la Grande Allée. Nous décidons de nous en approcher, nous aussi. Le défilé doit débuter à 19 h et il vaut mieux nous assurer une place sur le trottoir si nous voulons voir quelque chose tout à l'heure. Notre petit groupe se joint à la foule des badauds qui sont tout sourire et qui soufflent dans leurs trompettes en plastique rouge. L'atmosphère est bon enfant et personne ne se bouscule.

Entendant mon estomac gargouiller, je prends conscience que j'ai une faim de loup. Les activités en plein air, ça creuse !

— Dis, m'man, j'ai encore faim. Pas toi ?

— Si, justement. Et vous ? questionne-t-elle en se tournant vers Gina et sa mère.

— On est littéralement affamées, confirme Ginette. Il est encore tôt, on a le temps d'aller manger un morceau avant le début du défilé.

— Yé ! approuve Gina.

18 H 15

Il y a foule sur le seuil de tous les restaurants de la rue. Comme si la ville entière avait décidé de venir souper sur la Grande Allée ! Nous décidons d'aller plutôt commander une pizza à emporter chez Jaja la pizz, la pizzéria située au rez-de-chaussée de l'hôtel Le Concorde. Ainsi, nous ne nous éloignerons pas trop du lieu de départ du défilé. Espérons seulement que la file d'attente pour passer la commande ne sera pas trop longue !

En approchant de l'hôtel, je reconnais une silhouette qui m'est familière.

— T'as vu qui est là-bas, Gina ?

— Qui ?

— On dirait que c'est Youssef. Tu sais, le nouveau à l'école ? Celui qui porte constamment les mêmes vêtements foncés avec le capuchon de son chandail rabattu sur les yeux. Je l'ai vu cet après-midi place D'Youville, et le revoilà.

Je pointe le doigt en direction de la porte de service située sur le côté de l'hôtel, où trois personnes sont apparemment en train de se partager une cigarette.

— Oh ! Tu veux parler de l'Africain qui est arrivé à l'école en novembre ?

— Oui. Lui.

Youssef est originaire du Niger, un pays situé en Afrique de l'Ouest, nous a-t-on appris en géo. On ne voit jamais ses yeux à cause de son fameux capuchon... Il a l'air aussi sombre que ses habits et c'est sans doute pour ça qu'il ne s'est encore fait aucun ami. Il sourit rarement, ne parle à personne et semble tout le temps préoccupé. Ça, c'est quand il ne cogne pas des clous en classe. Il faut le voir sursauter quand le prof de maths frappe violemment son pupitre du plat de la main pour le réveiller !

Pour l'heure, il est en grande discussion avec deux types en train de fumer. Lui semble s'abstenir finalement. Les deux autres travaillent probablement à l'hôtel puisqu'ils portent un uniforme blanc sous leurs manteaux ouverts. Beurk, des fumeurs qui travaillent dans un restaurant ! 😛 Youssef ne nous voit pas, alors je l'examine sans vergogne.

— Ces gars sont pas mal plus vieux que lui. Qu'est-ce qu'il peut bien faire là ? réagit Gina.

— J'en sais rien, mais regarde, l'un des deux lui passe quelque chose.

— On dirait une enveloppe.

— Oui, c'est une enveloppe blanche.

Le plus petit des hommes vient en effet de la donner à Youssef qui la fourre rapidement dans la poche de son manteau puis, après un vague signe de tête en guise de remerciement, tourne les talons et quitte les lieux à grands pas. Je détourne les yeux en hâte et me cache derrière ma mère pour m'assurer qu'il ne me voie pas. Je ne sais pas pourquoi, mais ce garçon-là me met mal à l'aise.

Jetant un dernier coup d'œil à la dérobée, je remarque que, comme à son habitude, il n'est pas très bien habillé. Il porte un manteau noir trop grand pour lui et, sous son capuchon, il est coiffé d'une horrible tuque beige. Des mitaines grises tiennent ses mains au chaud, mais ses bottes ne semblent pas doublées. Je me demande bien ce que pouvait contenir l'enveloppe...

—Tu connais ce garçon? m'interroge maman.

—Euh... Un peu, il fréquente notre école.

—Il est arrivé récemment et personne ne le connaît vraiment, continue Gina.

—Il m'a tout l'air d'un vaurien, avance Ginette. Vous avez vu ses vêtements?

—Voyons donc! se scandalise ma mère. Que dis-tu là, Ginette? Ça n'a pas de bon sens de penser des choses comme ça. Le pauvre enfant semble surtout ne pas pouvoir se nourrir suffisamment. S'il est si maigre et mal habillé, ce n'est certainement pas sa faute.

—Ben quoi? rétorque Ginette, un peu vexée. Tous ces immigrants ne me plaisent pas trop. Ils mettent notre ville sens dessus dessous à mon avis, et je ne suis pas la seule à réagir comme ça!

—Justement, en rajoute maman. C'est à cause d'attitudes de ce genre que tout va de travers. La plupart des nouveaux arrivants ne demandent qu'à trouver du travail et à s'intégrer, crois-moi.

(Oh là là, voilà qu'elle se met en tête de faire la leçon à Ginette.)

— Admettons, réplique la mère de mon amie, du bout des lèvres. N'empêche que je t'interdis de fréquenter ce garçon, poursuit-elle en s'adressant à Gina.

— Pfff! laisse encore échapper maman, l'air mauvais.

— Et cette pizza, on y va? intervins-je.

(Maintenant que Youssef s'est éloigné, on ne va pas le laisser nous gâcher la soirée quand même. C'est fou ce qu'elle peut me faire honte, ma mère, des fois! 😒)

18 H 15

Devant le comptoir de la pizzéria se pressent de nombreux carnavaleux, qui semblent aussi voraces que nous. Je les comprends, j'aime la pizza presque autant que les spaghettis! ☺ Nous en avons commandé deux à emporter, une au pepperoni (j'adore!), l'autre au prosciutto et copeaux de parmesan. Nous les partageons en quatre sur le trottoir, en nous léchant les doigts avec gourmandise. Je ne sais trop pourquoi, ce faisant, j'ai une pensée pour Youssef. C'est vrai qu'il est maigre comme un clou. Je ne suis pas certaine non plus qu'il mange tous les jours à sa faim. Je réprime un petit frisson. Je n'ai surtout pas l'impression qu'il traînait par ici pour voir le Bonhomme Carnaval passer sur son char... Bon, il faut que je me secoue, moi. Après tout, je ne suis pas là pour me soucier du sort de l'humanité, mais pour m'amuser !

19 H 30

Le défilé bat son plein. Les chars allégoriques aux thèmes variés alternent avec les fanfares menées par différents corps de musiciens.

— Oh, dit ma mère, quand j'étais jeune, j'aurais tellement aimé faire partie d'un groupe de majorettes.

— De quoi ? interroge Gina.

— Les majorettes, explique Ginette, ce sont ces jeunes filles habillées d'un si joli costume de parade qui défilent au rythme de la musique des tambours et des clairons en maniant ce bâton métallique, vous voyez ? En parfaite synchronie, elles le lancent dans les airs et le font tourbillonner selon une chorégraphie souvent très compliquée.

Dans les années 1980, à peu près toutes les adolescentes aspiraient à être une des leurs.

— Oui, confirme maman, j'en ai rêvé moi aussi, mais je n'étais pas assez habile, malheureusement.

— On dirait des *cheerleaders*, remarque Gina.

Elle a tout à fait raison et c'est vrai que ça a l'air drôlement amusant, mais moi, je préférerais monter à bord d'un char allégorique. Ils sont tellement impressionnants. Près d'une demi-douzaine d'entre eux sont déjà passés devant nous et il en arrive encore d'autres. Mon préféré jusqu'à présent est un char mettant en scène une sorte de cabane à sucre ambulante avec des personnages habillés de vêtements de l'époque des pionniers qui jouent de l'accordéon, du violon, des cuillères et de la guimbarde, tandis que d'autres dansent le rigodon. Vous ne savez pas ce que c'est ? Demandez à votre mère ! C'est une joyeuse danse typique de l'époque de nos ancêtres. Très cool ! ☺

21 H

Nous sommes rentrées tôt parce que maman a décidé qu'elle était fatiguée... La mère de Gina paraissait pourtant encore en grande forme, elle ! Qu'est-ce qu'elle m'énerve la mienne parfois !

Quelle idée a-t-elle eue de m'avoir à trente ans, aussi : c'est bien trop vieux pour avoir des enfants ! Elle aurait mieux fait de m'avoir à vingt ans pour être capable de suivre lorsque j'ai envie de m'amuser. 😑

En rentrant à la maison, elle est allée directement au lit, alors je me retrouve seule. Et pire, elle a refusé que je sorte de mon côté !

Dimanche 12 février

10 H

— Vite, maman ! Dépêche-toi !

C'est rare que ce soit moi qui dise ça, mais elle traîne vraiment la patte ce matin, ma mère. Je me demande bien pourquoi. Nous avons prévu aller assister au fameux Brunch de Bonhomme, à l'hôtel Delta, et le service commence à 10 h 30. Nous sommes déjà très en retard ! Je suis contrariée parce que j'adore cette activité qui est l'occasion de voir Bonhomme de près et de lui serrer la main en personne. Je ne veux pas manquer ça, moi !

— Mais qu'est-ce que tu as donc ? Qu'est-ce qui t'arrive, maman ? demandé-je.

La voilà pâle comme un drap blanc, la main crispée sur son abdomen. Soudain, elle tombe à genoux et se met à vomir par terre. Beurrr-ke ! C'est dégueulasse ! Décidément, rien ne se passe comme prévu ce matin.

— Mamaaan !

— J'ai très mal. Vraiment très mal. S'il te plaît, appelle Ginette et demande-lui si elle peut venir. On va avoir besoin d'aide, là, je crois.

— Ben voyons donc ! Je vais pas déranger la mère de Gina parce que tu as vomi sur le plancher.

— Fais ce que je te dis !

Je comprends qu'elle n'admettra pas d'autre objection. Il se passe apparemment quelque chose de pas normal. La main tremblante, je compose le numéro de ma meilleure amie en priant pour que sa mère soit à la maison. Comble de malchance, il n'y a pas de réponse.

— Y a personne, m'man !

Elle ne me parle pas, mais continue de se tordre de douleur en gémissant faiblement, les deux mains sur l'abdomen, les yeux fermés. Oh là là ! Décidément, ça va mal. Ça va même très mal. Que faut-il que je fasse ? Je reconnais à peine ma propre voix qui essaie de nouveau d'attirer son attention. Brusquement, je n'ai plus treize ans, mais trois.

— Maaaman ?

— S'il te plaît, pucette, fais le 911 et demande une ambulance.

— …

— Tout de suiiite !

OMG! Je ne peux pas croire que ça nous arrive, à nous. Mon cœur bat si fort que j'ai l'impression que je vais m'évanouir, ma vue se brouille, j'entends un bourdonnement dans mes oreilles, j'ai les mains moites et il semble que je n'arrive plus du tout à penser correctement. Le numéro du 911, c'est quoi déjà ? Quelle question stupide ! Je perds la boule, on dirait. Eille, il faut que je me reprenne ! Le combiné à la main, j'appuie tour à tour sur les trois chiffres composant le numéro d'appel d'urgence.

—Ici, le 911 ?

—Euh... ma mère est malade. Elle est sur le sol et elle a une forte douleur au ventre. Nous avons besoin d'une ambulance.

—Tu es seule avec elle à la maison ?

—Oui...

—Ton papa n'est pas là ?

—Non.

—Quel âge as-tu ?

—J'ai treize ans. Mais j'en aurai bientôt quatorze !

—Vous êtes à quelle adresse ?

—Rue du Parvis, dans le quartier Saint-Roch.

—Quel numéro ?

—Hein ? Vous voulez mon numéro de téléphone ?

— Non, le numéro civique de la résidence.

— Oh ! C'est le 55.

— Je vous envoie tout de suite des secours. Un membre de ta famille peut-il venir te chercher ? Tu ne pourras pas rester seule à la maison.

— Euh...

Là, je ne sais pas trop quoi répondre. Ma grand-mère, qui est ma seule famille en dehors de maman, est en Floride pour l'hiver. Par ailleurs, j'ai entendu dire que les enfants seuls à la maison sont envoyés en famille ou en centre d'accueil lorsque leur mère est hospitalisée. *OMG !* Pas question que j'avoue que je suis seule au monde.

— Es-tu toujours là ?

— Euh... oui. Ma tante Gina et mon oncle Gino sont en route pour venir me chercher.

— D'accord. Les secours pour ta maman seront là d'une minute à l'autre.

Je raccroche, abasourdie. Je suis dans le pétrin, je crois. Il faut absolument que je trouve rapidement une solution. En tout cas, j'ai peur que c'en soit fini du Brunch de Bonhomme et des activités du Carnaval de cette année, du moins pour moi... ☹

Lundi 13 février

7 H

— Gina, lève-toi ! Gina ? Gi-naaa, Ju-lieette ! LE-VEZ-VOOOUS !

— Hein, quoi ?

Je me réveille en sursaut et m'assieds sur le lit, un peu ahurie, mon éléphanteau dans les bras. Je ne reconnais pas la voix de ma mère. Un coup d'œil à côté de moi me rappelle que Gina dort dans le même lit, sa jambe droite par-dessus ma jambe gauche et la majorité des couvertures tirées de son côté. Qu'est-ce qu'elle fait là ? Oh ! Subitement, je me souviens : maman ; l'ambulance ; Ginette et Gina ; l'hôpital… ☹ Je ne suis pas chez moi. Ma mère a quitté la maison avec deux ambulanciers, hier matin, vingt minutes après mon coup de téléphone à la centrale de réception des appels d'urgence. Heureusement, j'avais entre-temps réussi à prévenir la mère de mon amie qui ne s'était absentée qu'une heure pour aller à l'épicerie. Gina, quant à elle, n'avait pas répondu parce qu'elle flânait au lit.

Ginette a parlé aux ambulanciers et leur a expliqué qu'elle était en route pour venir me chercher. Elle a été très gentille. Gina et sa mère sont arrivées tout de suite après et m'ont aidée à faire mes bagages, au cas où j'aurais besoin de rester chez elles quelque temps. Puis, nous sommes allées en voiture à l'hôpital Hôtel-Dieu, où ma mère a été emmenée. Là, les nouvelles n'étaient pas rassurantes. Il semble que ma mère doive y demeurer quelques jours avant que les médecins ne puissent émettre un diagnostic. Ils ont d'abord cru qu'il s'agissait d'une crise d'appendicite, mais ce n'était pas le cas et ils doivent effectuer des examens plus approfondis.

Ma mère a eu beau me rappeler de ne pas paniquer, mon esprit s'est enflammé. Et si elle allait mourir ? Qui s'occuperait de moi si maman n'était plus là ? Ma grand-mère ? Je ne connais pas mon père et je n'ai ni oncle ni tante. L'angoisse me serre de nouveau le ventre. Oh là là ! Je referme les yeux. Elle disait quoi la prof de yoga hier, déjà ? « Concentrez-vous sur le souffle de votre inspiration et de votre expiration, et sentez se dissiper toutes les peurs, les angoisses et les incertitudes qui alourdissent votre cœur. » Je veux bien essayer…

La tête de Ginette apparaît soudain dans le cadre de la porte.

— Vous faites quoi, là-dedans ? Vous allez à l'école ce matin, je vous rappelle. Allez, levez-vous et plus vite que ça ! ordonne-t-elle d'un ton plus autoritaire que dans mes souvenirs. Ouste !

Elle n'est pas reposante la mère de Gina, ce matin ! Mais je lui pardonne parce qu'elle est en général beaucoup plus cool que la mienne (qui n'est jamais partante pour aller magasiner et qui m'oblige à laver la vaisselle du petit-déjeuner 😑).

En bâillant, mon amie émerge lentement. Moi qui n'ai jamais eu de sœur, je trouve ça trop génial de partager son lit et sa chambre toute la semaine. ☺

— On s'en vient, m'man. Y a pas le feu quand même ! laisse-t-elle échapper avec un autre bâillement, avant de replonger sous les couvertures.

— Ben justement, je dois aller travailler et je tiens à vous rappeler que vous devez faire la vaisselle du petit-déjeuner avant de partir, riposte Ginette.

Misère ! 😜

9 H

En classe de maths, mes *BFFs* sont avec moi. Je suis assise tout au fond, à la droite de Gino, tandis que Gina est à sa gauche. Si je comprenais quelque chose en algèbre, j'adorerais ce cours. Quoique les sœurs Lirette y soient aussi… Enfin, ça pourrait être pire. Je pourrais avoir été placée à côté d'elles, à la première rangée, ou en compagnie de Youssef, le nouveau. Monsieur Pythagore (on l'appelle « le python ») l'a probablement installé près de lui pour le torturer, du moins c'est ce que je crois parce que le garçon lui sert de souffre-douleur. Pour l'heure, cependant, tout est calme. La tête en appui sur l'avant-bras qu'il a posé sur son pupitre, Youssef semble dormir.

— Prenez bien en note l'énoncé, dicte notre enseignant. La somme de l'âge de trois cousins est trente-neuf. Gina a la moitié de l'âge de son cousin Gino et trois ans de moins que sa cousine Juliette. Déterminez, s'il vous plaît, l'âge de chacun.

Gina et moi pouffons de rire. L'idée d'être les deux jeunes cousines de Gino est vraiment trop comique ! Les sœurs Lirette nous regardent d'un air furieux en faisant « chuuut », comme si elles avaient besoin de se concentrer pour résoudre le problème qui est pourtant d'une simplicité désarmante. On a appris à résoudre ce genre d'énigme en première année du secondaire, me semble-t-il.

— Ne perdez pas de temps ! intervient monsieur Pythagore, et ayez bien en tête les différentes étapes de résolution de problème que nous avons vues ensemble. Que cherchons-nous ici ce matin ? Julieeette ?

— Euh...

De quelles étapes parle-t-il ? Bon sang, je n'en ai pas la moindre idée. Je rougis comme une cerise, le cerveau vide, incapable de répondre. En âme charitable, Gino lève la main et la secoue au-dessus de sa tête avec insistance.

— Oui, Gino ?

— On cherche l'âge de chacun des cousins, m'sieur.

— C'est cela. Bravo Gino, approuve le python. Prenez ceci en note.

Se tournant vers le tableau, il se met à écrire :

> *La somme de l'âge de 3 cousins est 39.*
> *Gina a la moitié de l'âge de Gino et 3 ans de moins que Juliette.*

Et il continue :

— Évidemment, il faut d'abord choisir des variables représentant chacun des cousins.

Gina : G
Gino : I
Juliette : J

Puis, il fait volte-face et s'approche de nos rangées de pupitres, la main droite en l'air.

—Youssef ! hurle-t-il en frappant violemment avec la paume de sa main le pupitre du malheureux. Levez-vous immédiatement et venez illustrer l'équation que pose ce problème. À moins que vous ne soyez déjà trop occupé, bien évidemment.

Oh là là, ça risque de barder ! Notre nouveau camarade devait dormir profondément, parce qu'il paraît totalement perdu.

—Oui, m'sieur, tout de suite, m'sieur, obéit-il en dépliant lentement ses looongues jambes pour se mettre debout.

—Allez, poursuit monsieur Pythagore, le regard mauvais, montrez-nous de quoi il retourne, mon ami.

On entendrait une mouche voler dans la classe, si ce n'étaient les méchants ricanements des sœurs Lirette.

—Caroline et Carolanne Lirette, vous voulez prendre sa place ? les invective l'enseignant, d'un ton tranchant.

Les deux chipies ferment leur bec instantanément. Bien fait! Pendant ce temps, Youssef s'est levé et a pris place devant le tableau. Craie en main, il commence à griffonner. Son écriture n'est pas facile à déchiffrer mais je devine vaguement qu'il a écrit ceci:

$G: g$
$I: 2 \times g$
$J: g + 3$

$(g + 2 \times g + g) + 3 = 39$
$4g + 3 = 39$
$4g + (3 - 3) = 39 - 3$
$4g = 36$
$g = \frac{36}{4}$
$g = 9$

Gina: $g = 9$ ans
Gino: $2 \times g = 2 \times 9 = 18$ ans
Juliette: $g + 3 = 9 + 3 = 12$ ans

Hum, je me demande ce que tout ce charabia veut dire exactement…

— Merci, Youssef, vous pouvez vous rasseoir, décide monsieur Pythagore, curieusement radouci.

Et tâchez de rester éveillé jusqu'à la fin de mon cours.

— Oui, m'sieur. Merci, m'sieur, répond le garçon en traînant lentement les pieds vers son bureau.

— Ça alors ! On dirait qu'il a réussi à résoudre l'équation plus vite qu'il nous a fallu de temps pour la prendre en note et la comprendre, chuchote Gino à mon oreille.

— Hein ? Ben, je suis pas certaine d'avoir réellement compris quoi que ce soit, moi, avoue Gina.

— Gina a donc neuf ans, Gino, dix-huit ans et Juliette, douze ans, conclut le prof, au milieu des rires. Les amis, je vous laisse méditer en silence sur cet exemple. Ensuite, vous vous attaquerez aux problèmes, moins compliqués, de la page 36 de votre cahier d'exercices.

9 H 45

Après la classe, la discussion bat son plein dans le couloir. Nous n'avons que cinq minutes de pause avant que Gino s'en aille en géo, tandis que Gina ira en cours d'anglais et moi en espagnol.

— Il a quand même l'air trop idiot ce Youssef, déclaré-je, en sortant de la salle de cours, mes amis sur les talons.

— Pourquoi tu dis ça ? se fâche Gino.

— Il passe son temps à dormir et à traîner les pieds au lieu d'essayer de se faire des amis, intervient Gina pour me défendre.

— Je voudrais bien vous voir à sa place ! Il vient d'arriver au Canada et tout doit lui sembler tellement étrange en comparaison de ce qu'il a connu auparavant. En plus, je vous ferais remarquer qu'il a parfaitement réussi l'exercice que le prof lui a demandé. Il se peut très bien qu'il soit plus intelligent que la plupart d'entre nous.

J'écarquille les yeux de surprise devant la diatribe de mon ami.

— Peut-être, mais alors, pourquoi il se sent obligé de prendre tout le temps cette face d'ahuri ? rétorqué-je.

— Il est peut-être fatigué. On ne sait pas ce qu'il se passe chez lui et c'est de toute façon pas très gentil de votre part de croire qu'il est idiot sans le connaître.

— Maman dit que tous les étrangers sont de la graine de terroristes et qu'il faut se méfier d'eux, affirme Gina.

— Ce sont vraiment d'affreux préjugés. Ta mère n'y connaît rien, s'enflamme encore Gino. Il y a beaucoup d'obstacles à l'adaptation des nouveaux arrivants dans une ville comme Québec. S'il faut y ajouter des jugements comme celui-ci, Youssef n'est pas près de s'en sortir, d'autant plus qu'il semble vraiment pauvre.

— Qu'est-ce qui te fait dire ça ? m'étonné-je.

— Il n'a jamais de lunch et on ne l'a jamais vu commander quoi que ce soit à la cafétéria même s'il reste à l'école.

— Il est peut-être au régime, suppose Gina.

— Voyons donc, Gina, s'écrie Gino, choqué, il est loin d'être en surpoids. Il est deux fois plus grand que moi, mais il est maigre comme un clou.

— Pourquoi prends-tu la situation de ce gars tellement à cœur ? l'interroge Gina, aussi surprise que moi de la véhémence de la réaction de notre ami.

— Vous oubliez que je suis passé par là quand je suis arrivé d'Argentine avec mes parents, rappelle Gino.

Gros malaise. C'est vrai qu'il n'en menait pas large non plus, Gino, à son arrivée. Se peut-il vraiment que le nouveau et lui aient vécu des situations similaires ? J'ai peine à le croire.

— Je veux bien, mais toi, tu souriais tout le temps et tu étais a-do-rable, répliqué-je, en minaudant et en caressant doucement son épaule de la main pour l'apaiser. Youssef, lui, a l'air tellement bizarre ! Il ne sourit jamais et passe ses journées la tête sur son bureau.

— Il doit avoir ses raisons.

Le visage de Gino est fermé et sa bonne humeur ne semble pas vouloir revenir.

— Je veux bien te croire, et je suis curieuse de savoir ce qu'il en est vraiment, avoué-je. C'est un mystère que j'aimerais bien résoudre…

— Ses parents sont peut-être trafiquants de drogue et peut-être bien qu'il passe ses nuits à en vendre pour eux, se risque Gina.

— Bon, moi, j'en ai assez entendu, tranche Gino, le regard de plus en plus sombre. Puisque vous vous obstinez à débiter des stupidités, je vous quitte pour aller en géo.

Sans plus de cérémonie, notre ami s'éloigne, en oubliant de me dire au revoir. 😑 C'est plutôt vexant, d'autant que, depuis quelques semaines, je suis… enfin, je suis plus ou moins sa blonde, c'est-à-dire qu'il est mon petit ami. Voilà ! Enfin, c'est ce que j'avais compris, mais ça ne semble pas acquis.

— Qu'est-ce qui lui prend ? s'inquiète Gina.

— J'en sais rien, reconnais-je, songeuse.

Avec ma mère à l'hôpital, et toute l'angoisse que suscite cette situation, je ne veux pas ajouter une dispute avec Gino à la somme de mes soucis. Je tenterai d'arranger les choses à la sortie de l'école, tout à l'heure.

11 H 50

La cloche de l'heure du lunch vient de sonner et nous nous retrouvons tous à l'extérieur. Puisque Gina habite tout près de l'école, elle a l'habitude d'aller manger chez elle à midi. Normalement, j'emporte un sandwich et je reste à la cafétéria avec Gino. Mais ce ne sera pas possible aujourd'hui, puisque maman n'a pas pu me préparer quoi que ce soit...

Gentiment, mon amie fait mine d'avoir oublié la saute d'humeur de Gino.

—Tu viens manger chez moi, toi aussi, Gin? propose-t-elle. (Gin, c'est à la fois le diminutif de Gino et de Gina. Cool, non? ☺)

—Si vous me promettez de ne pas remettre ça avec vos histoires racistes, je veux bien, avertit Gino, encore sur la défensive.

Je ne peux m'empêcher de le taquiner, tout en passant doucement ma main sur le col de son manteau de *snowboard*, pour ne pas l'effaroucher.

—Allez, ne sois pas si susceptible. Qu'est-ce qui te prend, tout à coup?

—Il me prend que je me serais attendu à plus de tolérance de votre part. Je suis déçu.

Le pire, c'est qu'il semble parler sérieusement.

—Je te fais mes excuses, déclaré-je, penaude.

— Allez, on te promet d'être sages, assure Gina en tirant la langue et en faisant tomber la casquette de Gino d'une chiquenaude.

Ayoye ! Elle a l'air pas mal moins repentante que moi, Gina. Gino finit tout de même par se laisser convaincre. Ouf, j'ai eu chaud !

En tournant au coin de l'avenue Louis-Saint-Laurent, où habite Gina, nous apercevons la silhouette de Youssef qui avance devant nous à pas rapides.

— Tiens, remarque Gina, revoilà ton ami qui s'en va en direction de la Grande Allée, Gino. Il habite par là ?

— Je ne crois pas, non, répond-il en secouant négativement la tête. Pour l'avoir croisé souvent dans le quartier, je pense plutôt qu'il habite près de chez moi, dans Saint-Sauveur.

— Ben nous, ça fait deux fois qu'on le voit par ici en dehors des heures de cours, alors on se demande ce qu'il fricote sur la Grande Allée. Tu le sais ? le questionné-je.

— Tu vas pas recommencer ! s'exclame Gino.

— Non, non, non, t'inquiète pas, m'empressé-je de le rassurer. Oublie ça.

Gina et moi tenons notre langue jusqu'à chez elle pour ne plus indisposer Gino. N'empêche, j'aimerais bien le suivre, moi, ce Youssef, afin de savoir à quoi rime son va-et-vient...

13 H 40

Je suis en classe d'histoire avec Gino, pendant que Gina est en arts plates. La pauvre ! Enfin, je parle pour moi qui ai de la difficulté à dessiner un bonhomme allumette. La vérité, c'est que Gina, elle, elle adore ça. Il faut dire qu'elle est super bonne. Une vraie Carlos Ste-Marie au féminin ! Lui, c'est un peintre québécois que ma mère connaît. Il fait des tableaux tellement BEAUX ! Elle l'adore et je l'aime bien aussi. Un jour, quand je serai plus riche, je ferai cadeau à maman d'une immense toile de cet artiste. En attendant, ben, je dois me contenter d'écouter monsieur Cayer nous parler de l'histoire de la pêche blanche, une tradition bien de chez nous, paraît-il... Malheureusement, l'histoire n'est pas plus mon fort que les arts plates, mais Gino est assis juste à côté de moi, donc ça va. ☺

Je tourne la tête pour le regarder discrètement. La pensée qu'il puisse être « mon chum » me fait déjà rougir, alors je me demande ce qui arrivera quand il se décidera à m'embrasser pour de bon ! Il est si beau, je trouve. Il a les cheveux bruns mi-longs très foncés et bouclés, de grands yeux bruns et de longs cils. Il est assez grand pour son âge aussi, enfin pour un garçon. C'est vrai que les gars sont souvent plus petits que les filles à douze, treize et quatorze ans, non ? Sauf Youssef, bien sûr, qui est si grand qu'on dirait presque un poteau de téléphone. Il faut lever les yeux en l'air pour le regarder en face, celui-là !

13 H 55

À propos de Youssef, je remarque qu'il n'est pas à sa place. Normalement, il suit ce cours avec Gino et moi. Son absence signifie qu'il n'est pas revenu de sa mystérieuse excursion sur la Grande Allée. Je me demande où il peut être et, surtout, ce qu'il fait. C'est louche, vous êtes d'accord avec moi ? Gino aura beau le défendre, il me semble évident que ce garçon n'est pas un adolescent comme les autres. Je veux dire, qu'il n'est pas comme nous…

Bon, voilà que je pense à ma mère. Je l'entends d'ici se porter au secours de Youssef. Pauvre petite maman ! J'espère qu'elle va mieux. D'accord, j'avoue qu'elle me tape parfois un peu sur les nerfs, en particulier quand elle me crie dessus (genre « Julieeette, viens m'aider à plier les serviettes ! »). Mais, qu'adviendrait-il de moi s'il lui arrivait réellement quelque chose ? Je n'ai qu'elle au monde. Avec ma grand-mère, évidemment. Mais comme cette dernière est une ex-hippie des années soixante-dix (une végane pure et dure, habillée à longueur d'année avec une longue jupe à fleurs accompagnée d'un châle multicolore qu'elle a elle-même tricoté), je me retrouverais avec rien d'autre au menu que du tofu, du végé-paté et des choux de Bruxelles, sans parler des vêtements qu'elle me forcerait à porter… Au secooours !

Enfin, pour le moment, il n'est pas question de ça. Ouf ! J'espère que la mère de Gina nous laissera sortir ce soir, mon amie et moi…

— Gino, t'as envie de faire quelque chose ce soir ? demandé-je.

— Pourquoi pas ? Ça vous tenterait d'aller patiner, Gina et toi ?

— Oh que oui !

Ainsi, il sait patiner ! Qu'est-ce qu'il peut être *chill* mon chum ! Vive ma vie ! ☺

17 H 30

À la vitesse grand V, Gina et moi terminons les assiettes de lasagne à la viande que Ginette nous a servies pour souper (Yé, j'adore la lasagne !). Elle est d'accord pour que nous allions rejoindre Gino à la patinoire de la place D'Youville ce soir (Re-yé, j'adore patiner et je sens que j'aimerai encore plus ça ce soir!). Ce n'est pas ma mère qui m'aurait donné la permission d'y aller un lundi soir! Elle est super *hot,* Ginette. Elle exauce les moindres désirs de Gina. Et puis, mon amie a tellement de chance d'habiter la Haute-Ville! Tout ce qui a de l'intérêt est situé tout près, et je m'amuse comme une folle ici. Dire que mon amie peut aller se promener tous les soirs dans le Vieux-Québec après le souper si elle veut. Je l'envie!

—Trop *chill* ta mère, Gin!

—Ouais, mais je ne vais que rarement place D'Youville, parce que sans Gino et toi, c'est beaucoup moins amusant, me signale gentiment mon amie. Et puis, tu sais, ta mère à toi aussi peut être très cool et la mienne a des défauts.

—Admettons, concédé-je, soucieuse de ne pas la contredire.

Gino doit nous rejoindre là-bas à 18 h, alors je suis encore plus pressée d'y aller.

—Tu veux téléphoner à ta mère avant de partir? propose Ginette.

Je l'avais presque oubliée, la pauvre. Oh là là, quelle fille ingrate je fais!

—En revenant ce soir peut-être? tenté-je.

— Après 21 h, il ne te sera pas possible de l'appeler. Elle dormira probablement déjà, précise Ginette.

— D'accord, je veux bien le faire maintenant, abdiqué-je, à la fois contrariée d'être retardée et honteuse de me soucier si peu de ma propre mère.

18 H 05

Au téléphone, la voix de maman n'est pas bien forte. Ce n'est pas pour me rassurer, mais je n'ai pas vraiment le temps de lui poser mille questions.

— Tu vas sortir quand ?

— Le médecin veut me garder ici encore un jour ou deux avant de prendre une décision. Je m'ennuie de toi. Penses-tu pouvoir venir me voir demain ?

Ouf ! J'ai eu peur qu'elle me demande d'y aller ce soir !

— Ouais. P't'être bien, accepté-je.

— À demain alors, pitchounette. Prends bien soin de toi d'ici là. Je t'embrasse fort. Je t'aime.

— Moi'ssi.

Je raccroche en vitesse et me rue vers l'entrée où s'impatiente Gina qui est déjà tout habillée. J'entends vaguement la voix de Ginette.

— Ne rentrez pas trop tard les fifilles, hein ?

Les fifilles ? Je retiens un fou rire. J'ai probablement mal entendu. ☺

18 H 10

C'est la pleine lune ce soir et, encore une fois, la température est clémente. Il neige à petits flocons, mais il n'y a pas un souffle de vent et nous n'avons pas froid du tout. Gino est déjà là lorsque Gina et moi arrivons place D'Youville. Gino embrasse d'abord Gina sur les deux joues avant de se pencher vers moi. Je me demande si la pleine lune a un effet sur nous, les humains. En tout cas, Gino s'attarde pas mal plus longtemps sur mes joues que sur celles de mon amie. Si, si. Je vous le dis !

— Je suis content que tu sois là, ma belle, me glisse-t-il à l'oreille.

J'allais lui répondre en rougissant lorsqu'une silhouette qui m'est récemment devenue familière s'impose encore une fois dans mon champ de vision.

— Tiens, tiens, regardez qui est là ! s'exclame Gina en pointant du doigt le garçon qui vient de surgir par la porte Saint-Jean et se dirige vers nous.

— Mais c'est Youssef ! s'étonne Gino. Il revient du Vieux-Québec on dirait. Youssef, you-hou ! On est là !

Mon chum a beau s'égosiller en faisant de grands signes de la main, le garçon ne semble pas nous avoir vus. Comme toujours, il fait de longues enjambées, les yeux rivés au sol, les mains dans les poches. Au lieu de continuer vers l'arrêt de bus, il s'arrête devant la même porte de côté par laquelle je l'ai vu s'éclipser samedi, alors que je mangeais au Il Teatro avec ma mère. Il ne pourra pas entrer à cette heure, si? Contre toute attente, Youssef plonge la main dans sa poche pour y prendre quelque chose avant de tirer la porte vers lui et de disparaître sous nos yeux. Abracadabra!

— Ça alors! s'étonne Gino, vous avez vu ça? Les bureaux sont fermés à cette heure-ci, comment a-t-il pu entrer?

— Il avait la clé, vous croyez? demandé-je.

— Je ne vois pas comment il aurait pu y accéder autrement, déclare Gino.

— Il faut plutôt une sorte de carte magnétique pour pénétrer dans ce type d'immeuble, avance Gina. Ma mère en a une pour ouvrir la porte du bureau où elle travaille.

— Ça ne te semble pas louche, à toi? questionné-je en m'adressant à Gino.

Mon chum retire sa tuque et se gratte le haut de la tête (qu'il a teeeellement mignonne, je vous le jure) avant de répondre:

— Ben, j'avoue que c'est quand même inhabituel. Je suis curieux de savoir d'où il arrivait comme ça.

— Jules, raconte-lui donc ce qu'on a vu samedi soir dans l'entrée de service de l'hôtel Le Concorde, insiste Gina.

Je décris à Gino l'étrange échange d'enveloppe dont nous avons été témoins.

— Bof, ça peut être n'importe quoi, décrète-t-il.

— Peut-être, mais c'est quand même curieux comme coïncidence. Songe que depuis samedi, ça fait trois fois qu'on croise Youssef dans la Haute-Ville, et qu'on vient de le voir ouvrir miraculeusement la porte d'un édifice fermé à clé, plaide Gina.

— Ben, Jules et moi aussi, on vit en Basse-Ville, et on est ici ce soir en train de patiner ensemble, dit-il en me gratifiant d'un bisou sur le bout du nez. Il n'y a rien d'extraordinaire à ça.

— Je sais bien, mais on patine, justement, on n'entre pas dans des immeubles à bureaux après les heures de fermeture, riposté-je en rougissant légèrement.

— Je reconnais que c'est un peu bizarre, fait mon compagnon.

— *Bizarre ?* C'est plus que bizarre, c'est louche ! se récrie Gina. Je propose qu'on attende ici un moment afin de voir s'il va ressortir.

— On ne va pas se mettre à l'espionner, proteste faiblement Gino. Si on est encore ici quand il sortira, j'irai lui parler. Je suis certain que le mystère s'élucidera de lui-même.

— Et s'il était en train de commettre un vol ? supposé-je, l'imagination en feu.

— Ou, pire, un acte terroriste ? renchérit Gina.

Gino éclate d'un rire sans conviction.

— Vous avez vu trop de films d'action, les filles, calmez-vous.

— N'empêche que s'il s'avère qu'on avait raison, tu regretteras de t'être moqué de nous, insinué-je.

— Tais-toi et viens plutôt me montrer quelles pirouettes tu sais faire sur ces patins, réplique Gino en me prenant la main pour m'attirer gentiment à lui.

Qui pourrait résister à une si gentille invitation ?

— D'accord, acquiescé-je, le visage soudain aussi rouge que l'était la tuque de Bonhomme Carnaval samedi…

19 H

C'est tellement l'fun de se laisser glisser en tenant son amoureux par la main ! Je n'en reviens pas de la chance que j'ai. ☺ L'éclairage de la place D'Youville est aussi féérique que le décor et je passe une des soirées parmi les plus romantiques de toute ma vie ! (Non, non, je n'exagère pas du tout ! Ce n'est pas mon genre d'exagérer de toute façon.) Cependant, il n'est pas question de laisser Gina patiner toute seule dans son coin, alors Gino et moi lui tendons la main et, en riant, nous formons le trio le plus *hot* de la patinoire ! Yahooou !

— Regardez ce que je suis capable de faire, moi, se vante Gina en nous lâchant un moment pour tenter un axel.

Oh là là, ça me semble drôlement périlleux ça ! Elle n'aurait peut-être pas dû s'y prendre de cette façon au départ. Oh, oh ! OH ! OOOH !... (Je retiens ma respiration.) Aouch ! La pauvre ! Elle vient de s'affaler de tout son long sur la glace après, il faut bien le dire, une extraordinaire figure dans les airs. Pas tout à fait ce qu'on peut appeler un axel, mais certainement un saut spectaculaire.

— Tu t'es fait mal ? s'enquiert galamment Gino en lui tendant la main pour l'aider à se relever.

— Pas du tout. Qu'est-ce qui te fait croire ça ? prétend Gina en refusant son aide.

Elle est trop fière pour avouer qu'elle a mal et que, demain, elle aura sans doute une ecchymose de la taille du Brésil sur la fesse gauche. Non, non, je ne ris pas ! (Même si j'en ai envie. On ne se

permet pas ce genre de chose quand on tient à garder sa meilleure amie. ☺)

20 H 30

De nombreux sauts et pirouettes plus tard, mes jambes commencent à fatiguer et les fesses de Gina n'en peuvent plus, à mon avis. Nous avons tous trois les joues bien roses et les orteils gelés.

— On va boire un chocolat chaud ? propose Gino.

— Ben là, si tu nous prends par les sentiments, plaisante Gina en se frottant le derrière.

C'est que, non seulement le vent vient de se lever, mais il est difficile de repousser l'alléchante vision d'un chocolat chaud fumant couvert de crème fouettée et de copeaux de chocolat. Miam, miam ! Au 800 D'Youville, il y a un café qui sert les plus gigantesques chocolats chauds que l'on puisse imaginer. Il y en a même au chocolat blanc ! Mium… Mais ce n'est pas donné.

— Super bonne idée ! approuvé-je, mais je n'ai pas un sou sur moi.

L'air malheureux, je retourne mes poches à l'envers pour n'y trouver que deux misérables vingt-cinq cents.

— Pas grave, allons-y. J'ai les pieds gelés, je n'en peux plus ! renchérit Gina en faisant la grimace.

— T'es sûre que ce sont tes pieds qui te font souffrir ? me moqué-je.

— Moi, je n'ai que dix dollars, annonce piteusement Gino. C'est ce qui reste de mon argent de poche du week-end dernier. On a assez, vous pensez ?

— Ne vous en faites pas, les amis, ma mère m'a donné un billet de vingt dollars avant notre départ tout à l'heure. Ça suffira amplement pour nous trois.

J'adresse un sourire de reconnaissance à Gina. Elle est si généreuse ! Que serais-je devenue sans elle et sa mère, cette semaine ?

20 H 45

Après avoir troqué nos patins contre nos bottes doublées, nous poussons la porte du café avec empressement. Au comptoir, le nez retroussé par la gourmandise, nous avons peine à faire un choix. Sous un éclairage soigneusement étudié, les scones, croissants, millefeuilles, muffins et autres pâtisseries semblent rivaliser de charme pour être choisis. En nous bousculant bruyamment, nous pointons du doigt ce qui nous intéresse en changeant d'avis constamment. Ça ne semble pas vraiment plaire à l'employée qui soupire en levant les yeux au ciel.

— Dites donc, les gamins, vous allez prendre quelque chose ou pas ?

— Ça y est, je sais ce que je veux, annoncé-je en montrant un scone aux bleuets. Euh… non, plutôt ce croissant aux amandes. Non ! Attendez ! Qu'est-ce qui vient de sortir du four là-bas ? Des biscuits ? Hum, ils ont l'air rudement bons. Je vais en prendre un.

— Moi aussi, crie presque Gina en levant la main. Euh... peut-être pas. Ces scones-là, avec du rouge, ils sont à quoi ?

— La même chose pour moi, se rallie Gino.

— Vous allez prendre quoi exactement ? Je ne suis pas certaine d'avoir bien compris, grommelle la pauvre serveuse, comme si on venait de la catapulter dans un asile d'aliénés contre son gré.

Je me demande comment elle fait pour ne pas s'empiffrer de pâtisseries toute la journée. Moi, à sa place, je n'arriverais pas à me maîtriser. ☺

Plateau en main, nous choisissons une table près de la fenêtre donnant sur le coin de la rue. Nous avons été tellement alléchés par l'odeur des biscuits fraîchement sortis du four que nous en avons choisi chacun un. Celui de Gina est aux brisures de chocolat blanc et aux noix de macadamia, celui de Gino à l'avoine et aux raisins, et le mien (mium !) aux pépites de chocolat au lait. Après l'avoir trempé dans mon chocolat chaud, je croque dedans avec délectation. Dans le café, on pourrait soudain entendre une mouche voler. Les yeux à demi fermés et la bouche pleine, nous rêvassons en observant les quelques rares passants encore dans la rue. Quelle soirée fabuleuse ! Et dire que si ma mère n'avait pas été hospitalisée, jamais elle n'aurait pu avoir lieu, en tout cas pas un soir de semaine...

21 H 05

Il ne reste plus une miette de biscuit ni une goutte de chocolat chaud et, nos manteaux sur le dos, nous nous apprêtons à pousser la porte pour sortir.

—Hé ! Regardez qui revient par ici ? s'écrie subitement Gina.

Surprise ! À travers la porte vitrée, je reconnais Youssef qui repasse d'un pas pressé devant le café. Encore une fois, il marche à grandes enjambées, la tuque enfoncée sur les yeux, le capuchon sur la tête, le cou rentré dans les épaules. Et, encore une fois, il ne nous remarque pas et s'éloigne rapidement. Interloqués, nous le voyons s'engouffrer dans la bouche béante du stationnement souterrain de la place D'Youville.

—Mais qu'est-ce qu'il va donc faire là-dedans ? s'étonne Gino. Il n'a certainement pas de voiture.

—Je te l'avais bien dit ! Il agit vraiment bizarrement, triomphé-je.

—Je n'y comprends rien, admet Gino.

—Que diriez-vous de le suivre, juste une fois ? suggère Gina.

— Il est 21 h et je dois être rentré à 21 h 30, sinon mes parents vont s'inquiéter, avertit Gino, hésitant.

— Même chose pour nous, allègue mon amie. Allons-y ! On va juste voir ce qu'il fait là-dedans.

Sans autre cérémonie, nous voilà apprentis détectives ! Sur les traces de notre énigmatique camarade de classe, nous sortons furtivement du café pour pénétrer à notre tour dans le stationnement sous-terrain. Je glisse ma main dans celle de Gino, le cœur battant. Son contact me rassure. Que faisons-nous ici exactement ? Je me le demande…

21 H 10

À notre grande surprise, arrivé au fond du garage, Youssef ouvre une porte latérale. Effrayés à l'idée d'être pris en flagrant délit d'espionnage, nous nous aplatissons comme des crêpes le long du mur.

— Si je ne me trompe pas, cette porte donne sur l'extérieur et non sur les escaliers allant vers les étages inférieurs du stationnement, laisse échapper Gino en fronçant ses beaux sourcils ☺. Je parie que Youssef n'est entré ici que pour se mettre à l'abri du froid, le temps de rejoindre le boulevard René-Levesque ou la Grande Allée. Il a toujours l'air tellement frigorifié. Normal, son premier hiver au Québec ne doit pas être facile. Une chose est certaine, dans cette direction, il ne rentre pas chez lui, à Saint-Sauveur. Venez les filles, on continue !

Gino n'a que trop raison. Non seulement l'escalier latéral nous mène sur le boulevard Honoré-Mercier, mais Youssef, que nous apercevons de dos alors qu'il est en train de traverser le boulevard urbain, semble bel et bien se diriger vers la Grande Allée. Brrr… Je frissonne. Toute l'année, le vent est terrible sur Honoré-Mercier.

— Tu as froid ? s'inquiète Gino en se tournant vers moi et en passant son bras autour de mes épaules.

— Oui, j'ai froid et j'ai un mauvais pressentiment aussi. Peut-être qu'on ferait mieux de rentrer, suggéré-je d'une toute petite voix.

— Il y a certainement une explication toute simple à ça, s'obstine Gino. Je veux en avoir le cœur net. Allez, ne te fais pas prier, ma belle !

— J'adore jouer les espionnes, moi, affirme Gina, les joues roses d'excitation. Je m'amuse comme une petite folle !

— Ta mère ne va pas être fâchée si on tarde trop ?

— Ne t'en fais pas. Jusqu'à 21 h 30, elle ne dira rien. On va bientôt avoir quatorze ans, pas quatre !

Je serre plus fort la main de Gino, essayant de chasser mes sombres pensées. Après tout, c'est la première fois que nous avons l'occasion de passer toute une soirée ensemble, un jour de semaine. Autant en profiter jusqu'au bout, même si c'est pour s'adonner à une filature qui commence à devenir alarmante…

Comme nous l'avions présagé, Youssef arpente maintenant le trottoir de la Grande Allée en direction ouest, c'est-à-dire vers notre école et la maison de Gina. À cette heure-ci, la rue est encore très animée. Des gens entrent et sortent de la multitude de bars et de restaurants qui la bordent. La majorité des clients semblent être âgés d'une vingtaine d'années. Je redresse le dos et les épaules. Je n'ai pas envie qu'on me prenne pour un bébé ayant perdu sa mère. Vous croyez qu'on pourrait me confondre avec une fille de dix-sept ou dix-huit ans ? Je sais, ça me surprendrait moi aussi. Enfin, pas question de donner l'impression d'être effrayés parce que nous sommes les seuls ados encore dehors à cette heure avancée. Youssef ne semble pas inquiet, lui. Oups ! On dirait qu'il s'arrête. À notre grande stupéfaction, le garçon tourne à gauche dans la ruelle bordant l'hôtel Le Concorde et, après avoir sorti une carte magnétique de sa poche de manteau, il s'engouffre à l'intérieur par l'entrée de service.

21 H 25

Mes amis et moi nous perdons en conjectures.

— Qu'est-ce que tout ça peut bien cacher ? se questionne Gino.

— Puisque je vous dis que Youssef n'est pas net, recommence Gina. Il fait peut-être partie d'un réseau organisé de vol ou de trafic ?

— Mais non, la rabroue Gino. Je ne comprends pas pourquoi tu t'entêtes à le soupçonner du pire. C'est vrai qu'il agit étrangement, mais je persiste à penser qu'il est tout ce qu'il y a de plus inoffensif. Je suis certain qu'il ne trafique rien du tout. Juliette et toi avez beaucoup trop d'imagination !

— Je n'ai rien dit, moi, objecté-je, un peu honteuse de manquer de solidarité envers mon amie.

L'air plus exaspéré que convaincu, Gino regarde l'heure sur son iPod.

— Il est tard, les filles, je vous laisse chez Gina et je vais vite prendre le bus pour rentrer chez moi. On fera le point sur cette affaire à l'école demain.

— D'accord, approuvons-nous en chœur.

21 H 30

Une fois devant le portail de la maison de l'avenue Louis-Saint-Laurent, Gino se penche sur moi et dépose un baiser précipité sur ma bouche avant de gratifier Gina d'une tout aussi rapide accolade.

— On se voit demain, les filles. Ciao !

Pour le baiser romantique, il faudra repasser. Mon amoureux (l'est-il vraiment ?) s'écarte vivement et, sans se retourner, se dirige vers l'arrêt de bus le plus proche, au moment où Ginette ouvre la porte de son côté pour nous faire entrer.

— Ah, vous voilà, vous deux ! s'écrie la mère de mon amie. J'espère que vous avez une bonne explication à me donner, parce que je suis FURIEUSE !

— Voyons donc, m'man ! Ne t'énerve pas comme ça. Qu'est-ce qui se passe ?

— Il se passe que je vous attendais autour de 20 h 30, maximum 21 h, et qu'il est 21 h 30, voilà ce qui se passe !

Wow ! Elle paraît vraiment en colère parce qu'elle nous fusille littéralement du regard. Moi qui n'ai pas l'habitude d'être grondée, je retiens les larmes qui me montent aux yeux.

— Juliette, l'hôpital a téléphoné ! Ta mère a finalement été opérée d'urgence ce soir.

— Quoi ? Maman ? *Opérée ?* Mais de quoi ?

— Comment veux-tu que je le sache, ma pauvre enfant ? Il faudra attendre demain pour les détails, j'en ai bien peur.

Les sanglots que je tentais de refouler il y a un instant se mettent à couler à flot. Je suis tellement inquiète ! Maman ! Ginette, elle est cool quand on va magasiner avec Gina, mais là, je donnerais n'importe quoi pour rentrer dormir chez moi, auprès de ma mère à moi.

— Allez, ne pleure pas, Jules. Viens, on va prendre des biscuits au chocolat et du lait dans la cuisine et on file au lit, suggère Gina pour me consoler.

— C'est ça, filez au lit, répète Ginette, visiblement échauffée.

Mais qu'est-ce qu'ils ont tous aujourd'hui à s'énerver si facilement ! C'est la pleine lune, j'en suis sûre !

Mardi 14 février

6 H 55

La première idée qui me traverse l'esprit en me réveillant ce matin, c'est que c'est la Saint-Valentin aujourd'hui. Youpi ! Je souris toute seule sous les draps. J'adore cette fête, moi ! Évidemment, je ne serais pas aussi excitée si je n'avais pas de chum... En fait, c'est ma première Saint-Valentin avec un petit copain et je trouve ça super cool ! Un coup d'œil en direction de Gina me confirme qu'elle dort encore. Je me demande si Gino aura un petit cadeau pour moi. ☺

Brusquement, je me souviens : l'hôpital ; maman ; l'opération d'urgence. Mon sourire disparaît. Je me lève en hâte pour aller retrouver Ginette qui s'apprête probablement à venir nous sortir du lit.

7 H

— Bonjour, Ginette.

— Tiens, tu es déjà debout Juliette ? s'étonne-t-elle.

— Oui. Dis, on pourrait téléphoner à l'Hôtel-Dieu pour prendre des nouvelles de maman ?

— Pas maintenant, quand même. Il faut attendre au moins jusqu'à 8 h.

— Ah, d'accord. Tu pourras composer le numéro pour moi tout à l'heure ?

— Ce matin, je n'ai pas à me rendre au bureau avant 9 h, alors j'aurai le temps, oui.

— Merci.

— Pensez à faire votre lit. Vous l'avez oublié hier !

Je profite que Gina dorme encore pour occuper la salle de bain avant que mon amie ne la monopolise. Sous la douche, je me fais la réflexion que c'est beaucoup moins amusant que je le croyais de passer la semaine loin de chez moi. Bien sûr, je vois Gino et Gina le soir après l'école, mais… ma maison me manque, mes affaires me manquent et ma mère me manque aussi. Elle a de petits défauts, évidemment (elle en a même des gros), mais j'y suis habituée. ☺

8 H

Au téléphone, maman se veut rassurante.

— T'inquiète pas, poussinette, ça va aller mieux maintenant. On m'a enlevé l'organe qui était malade, et il ne me reste qu'à reprendre des forces. Je pourrai probablement sortir la fin de semaine prochaine. J'ai hâte de te voir !

— J'ai hâte de te voir aussi, m'man !

— Ça se passe bien avec Ginette ?

— Pas si pire. Je m'amuse bien avec Gina.

— Vous êtes sages toutes les deux ? Je ne veux pas que tu causes du souci à la mère de ton amie.

— T'en fais pas, m'man. Tout va très bien.

— Bonne journée à l'école alors, ma Juliettounette. À ce soir.

— À ce soir, m'man.

— Je t'aime.

Je t'aime aussi, m'man, pensé-je en raccrochant.

9 H

On est en cours de maths depuis dix minutes et Gino ne m'a toujours pas remis de valentin. ☹ Comme nous sommes assis au fond de la classe, j'ai une vision à cent quatre-vingts degrés de tout ce qui se passe devant moi et j'ai surpris Philippe donnant un billet doux à Laurence Brasset,

Kathleen en offrant un à Gabriel et même Olivier et Samuel en transmettant chacun un aux sœurs Lirette. Grrr ! Pis moi ?

11 H

En français, monsieur Latendresse, le prof, nous donne un exercice teeellement poche ! Après avoir écrit cinq fois notre nom sur autant de billets, il faut choisir à l'aveugle cinq noms de copains de classe dans une grande boîte, dans laquelle il a déposé tous les billets. Une fois les cinq noms pigés, il nous demande de composer un petit texte à l'intention de chacune de ces personnes. Pfff ! Encore un truc stupide pour souligner une fête STUPIDE ! C'est vrai quoi, qui fête encore la Saint-Valentin de nos jours, je vous le demande ? Pas Gino, en tout cas ! De toute façon, il n'est même pas là… Il est en géo ou je ne sais où.

— En combien de mots le texte, m'sieur ? questionné-je, en soupirant.

— Le nombre que tu veux, Juliette.

— En combien de lignes, alors ? reprend Gina.

— Le nombre de lignes nécessaire, rétorque patiemment monsieur Latendresse.

— Et on écrit quoi, au juste ? s'enquiert Laurence Brasset.

— Ben, ce que vous appréciez chez chacune de ces personnes, s'impatiente-t-il légèrement.

— Oui, mais ça veut dire quoi exactement, ça ? demande à son tour Carolanne Lirette.

— Écoutez, les amis, vous n'avez jamais rédigé de billets de Saint-Valentin à l'intention de quelqu'un ? explose monsieur Latendresse. C'est pourtant simple, non ? Vous prenez un bout de papier, vous le pliez en deux pour en faire une carte de souhait et vous écrivez un petit compliment destiné à chacune des personnes dont vous avez pigé le nom ! C'est quoi votre problème ? Il n'y a rien de compliqué là !

— Pour vous peut-être, mais on voit bien que vous n'avez pas pigé Youssef Al Soudais, réplique méchamment Carolanne Lirette.

Là, je dois avouer qu'elle y est allée un peu fort. Un silence de stupéfaction vient s'abattre sur la classe. Tout le monde regarde le prof, attendant de voir comment il va réagir.

— Carolanne, tu resteras après la classe, ordonne monsieur Latendresse d'un ton qu'il veut cassant. En attendant, donne-moi ce billet et prends l'un des miens.

La pimbêche grimace. Bien fait pour elle ! Je n'aime pas particulièrement Youssef, je l'avoue, mais jamais je n'aurais osé lancer une remarque aussi blessante.

11 H 40

À l'heure du lunch, je ne vois pas Gino parce qu'il doit suivre un cours de récupération en anglais. C'est trop plate ! ☹ Quant à « l'affaire Youssef », nous n'avons pas encore eu le temps de nous réunir pour en reparler.

Gina et moi sommes allées manger chez elle. Apparemment, sa mère n'a pas pensé à prévoir quelque chose pour nous. Nous devons donc nous contenter de sandwichs au beurre d'arachide… 😛 Ma mère, elle, n'oublie jamais mon lunch. Quoiqu'elle mette parfois de la luzerne dans les sandwichs qu'elle prépare, même si elle sait que je déteste les graines germées. 😑 Oh là là, les mères !

14 H

Notre école est située rue De Maisonneuve, c'est-à-dire à deux pas des plaines d'Abraham. En classe de gym, lors de la dernière période de l'après-midi, madame Goyette a justement projeté de nous emmener faire de la raquette là-bas. Je n'ai jamais essayé, mais ça risque d'être amusant, d'autant plus que Gina est en gym avec moi. Quant à Gino, je crois que son dernier cours était anglais. L'après-midi se termine et il ne m'a toujours pas fait de cadeau pour la Saint-Valentin. Je me sens plus que poche avec le petit cœur en carton rouge que j'ai découpé et sur lequel j'ai écrit : « Je t'aime, *I love you, Te quiero* », avant de le plier en deux et de le mettre dans une enveloppe de ma fabrication. Instinctivement, je porte la main à la poche arrière droite de mon jeans. (C'est là que j'ai glissé ma déclaration.) Je me sens ri-di-cu-le ! Quand Gino et moi n'étions encore que des *BFFs,* je n'avais pas ce genre de souci. C'est nul d'avoir un chum, finalement ! ☹

—Alors, se renseigne mon amie pendant que nous marchons en file indienne en direction de la Grande Allée, il t'a offert un valentin, Gino ?

—Ben non, justement.

—Oh ! Et tu es fru ?

—Ben, non. Pourquoi ?

Je tente de me composer une figure « normale », mais je ne suis pas certaine d'y arriver.

—T'es sûre ? insiste Gina.

—Ben, peut-être un peu, oui, avoué-je, la mine basse.

—Pauvre toi. Même pas en maths ce matin ?

—Même pas.

— Moi non plus, j'ai rien reçu, mais j'ai vu les sœurs Lirette s'en faire passer.

— Pfff! Je m'en fous de cette maudite fête!

— T'as bien raison. Et puis, je suis là, moi, me rassure-t-elle en passant son bras autour de mes épaules.

Je souris. L'amitié, c'est tellement moins compliqué.

Un fois au pavillon de services des plaines d'Abraham, on nous prête à chacun une paire de raquettes. D'après madame Goyette, ce sont les peuples d'Asie centrale qui, à l'époque glaciaire, ont apporté les raquettes en Amérique du Nord, en passant par le détroit de Béring, entre trente mille et cinq mille ans avant Jésus-Christ. Mais ce sont les Indiens d'Amérique du Nord qui auraient perfectionné la raquette traditionnelle, telle que nous la connaissons aujourd'hui. C'est quand même formidable, non? En tout cas, ces drôles de spatules pour les pieds, bien que fort encombrantes, sont absolument parfaites pour marcher sur d'épaisses couches de neige molle. Sans elles, on s'enfoncerait dans la neige jusqu'à mi-cuisse. Ayoye! Et pour cause, il neige pratiquement tous les jours depuis le début de la nouvelle année! Bah, moi, j'adore l'hiver! Et vous? ☺

14 H 20

Le sentier à l'usage des raquetteurs est agréablement boisé. Le silence paisible de l'après-midi n'est rompu que par le chant des chardonnerets jaunes. Moi qui ai toujours cru que tous les oiseaux passaient l'hiver dans le Sud ! C'est quand même incroyable d'imaginer que ces frêles créatures ailées puissent survivre à nos hivers québécois. Avec leurs petits corps jaune et noir, ils sont trop *cuuute*. J'aime aussi observer les mésangeais à plumes grises et blanches. Ils sont plus gros que les chardonnerets et ne chantent pas autant, mais on dit qu'ils peuvent vivre dix-neuf ans et qu'on les trouve jusqu'en Alaska. Songez donc ! Et puis, j'aperçois aussi toute une bande de mésanges à tête noire. Elles sont menues et leur chant est comique.

—À ce qu'il paraît, la mésange zinzinule, m'informe Gina.

—Elle quoi ?

—Elle zin-zi-nule ! C'est comme ça que s'appelle son chant. C'est drôle, non ?

—Trop comique pour être vrai. T'as appris ça où, toi ?

—Ben, au cours de sciences.

—Je ne me souviens pas de ça, moi.

— Tu étais probablement encore partie en voyage.

— Ouin.

Il est vrai que ma mère et moi, on se promène pas mal toute l'année et que, en fin de compte, je passe trop peu de moments avec mes amis, surtout lors des congés scolaires. Somme toute, je profite d'un bel après-midi, ici, avec mon amie, et d'une semaine de rêve avec elle et Gino. Du coup, j'oublie totalement mes griefs envers lui. Il peut être si gentil quand il veut !

15 H 30

Après l'école, Gino, Gina et moi nous rejoignons sur le trottoir. Comme la veille, à midi, nous apercevons Youssef qui tourne à droite au bout de la rue De Maisonneuve pour aller prendre l'avenue Louis-Saint-Laurent qui, elle, débouche sur la Grande Allée.

— Encore ! s'écrie Gino.

— En tout cas, cette fois, il n'a pas manqué les cours de l'après-midi, remarqué-je.

— Il est avec moi en français et il a dormi tout le long, mais le prof n'a rien dit, continue Gina.

— On le suit ? propose Gino.

—Bah, je crois qu'on a une bonne idée de l'endroit où il va, tranché-je. Ce qu'on ne sait pas, c'est ce qu'il compte y faire. Je veux bien qu'on se prévoie une petite rencontre au sommet pour en discuter mais, avant tout, je voudrais passer à la maison chercher des vêtements propres et le roman que j'ai commencé à lire pour le cours de français.

15 H 45

Le métrobus nous dépose rue de la Couronne, tout près de chez moi. Mes amis ont proposé de m'accompagner et Gino a suggéré que nous allions ensuite tous ensemble faire nos devoirs à la bibliothèque Gabrielle-Roy, qui est située de l'autre côté de la rue. Quelle bonne idée !

—Et après, on ira manger tous les trois chez moi, poursuit Gino.

—Comment ça, *chez toi ?* s'exclame Gina.

—Tu crois que ta mère y verra un inconvénient ? s'inquiète mon ami en se tournant vers elle. Ma mère prépare toujours un super repas de fête pour la Saint-Valentin et, comme Juliette vit chez toi, elle m'a proposé de vous inviter toutes les deux ce soir.

À mon grand étonnement, Gino termine sa phrase en rougissant légèrement, les yeux baissés. Il est trop mignon ! L'autre jour, il m'a confié que j'étais sa première copine et qu'il était lui aussi un peu nerveux. C'est mon premier véritable copain, à moi aussi. Avec Gina, ma mère et ma grand-mère, il fait partie des quatre personnes qui comptent le plus au monde pour moi. Dire que j'ai cru qu'il ne soulignerait pas la Saint-Valentin. J'ai hooonte !

15 H 50

Ça me fait tout drôle de voir les lumières éteintes et ma maison parfaitement silencieuse. Le cœur gros, je tends l'oreille. Pas de « Alors et ta journée, pitchounette ? » ni de « Tu as faim, pomponnette ? J'ai fait du pain aux bananes et aux noix ! » Parce qu'elle travaille à domicile, ma mère est habituellement présente lorsque je rentre de l'école. La plupart du temps, elle est déjà en train de préparer le repas et ça sent la sauce à spaghetti, les macaronis gratinés, le gâteau fraîchement sorti du four ou les biscuits au beurre d'arachide. Les larmes me montent aux yeux. Gino a dû s'en apercevoir, puisqu'il me prend doucement la main et m'embrasse sur la joue. Son geste me fait du bien.

— Allez, ma belle, ne traînons pas. Rassemble vite les affaires dont tu as besoin.

J'ouvre donc prestement la porte de ma chambre pour évidemment constater qu'elle est dans le même état que lorsque je l'ai quittée, il y a deux jours. Ça veut dire qu'elle est complètement sens dessus dessous, que mon lit est défait et que la moitié du contenu de ma garde-robe et de mes tiroirs traîne par terre et dans le panier de linge sale à côté de mon armoire. Misère ! Sur la table de nuit, je prends d'abord le roman sur lequel je dois faire une présentation orale en français la semaine prochaine, le tome I de *Cupcakes et claquettes*. Je me mets ensuite à la recherche de quelques vêtements propres puisque je n'ai plus grand-chose à me mettre et que je ne sais pas combien de jours encore je devrai demeurer chez Gina.

— *OMG !* Il faut vraiment que ma mère m'emmène magasiner lorsqu'elle sortira de cet hôpital parce que je suis plus mal pourvue que Cendrillon elle-même !

— Ce que j'aime de toi, c'est que tu n'exagères jamais, avance Gino, moqueur, en me donnant un nouveau bisou, sur les lèvres cette fois.

Mon cœur s'affole. C'est à mon tour de rougir. Avec Gina, nous sommes tous les trois seuls ici et je n'ai pas trop envie d'aller plus loin qu'un chaste baiser aujourd'hui, même si c'est la Saint-Valentin. Heureusement, mon amie vient à ma rescousse en faisant diversion. Déjà, elle se penche vers le sol, attrapant les habits qu'elle préfère.

— Prend ce jeans noir. Il est sale, mais maman le lavera. Cherche aussi ton chandail de laine écru, ta jupe rouge et la blouse brodée que tu portes toujours avec.

Aussitôt, elle ouvre le tiroir du haut de ma commode, s'empare de collants marine, de chaussettes propres, de plusieurs petites culottes et d'autant de soutiens-gorge.

— Voilà ! Reste à tout mettre dans un sac et à partir. Je te prêterai ce qu'il te manque.

— Vraiment ?

— J'ai des tonnes de vêtements !

— Oui, ça, je sais. T'es vraiment cool d'accepter de me prêter des trucs.

— Les meilleures amies, ça sert à ça, affirme Gina en me prenant dans ses bras.

Ginette, elle, adore magasiner, alors mon amie est super gâtée. Pas comme moi… Ma mère compte tellement ses sous qu'il ne nous en reste jamais pour faire des folies. Elle soutient que l'argent doit surtout permettre de vivre des expériences et que les biens matériels n'ont que peu d'importance. Elle dit certainement ça parce qu'elle est constamment fauchée. Qu'est-ce que c'est pénible parfois de vivre dans une famille monoparentale ! Gino empoigne le sac dans lequel je viens d'enfouir les affaires que j'ai rassemblées et nous sortons de la maison. Je claque la porte et pars sans me retourner.

16 H 10

La bibliothèque Gabrielle-Roy possède presque toutes les bandes dessinées de langue française parues depuis 1940. Il s'agit de l'une des plus vastes collections au pays et j'ADORE découvrir de nouveaux auteurs et de nouvelles séries en flânant dans les rayons. Un jour, j'aimerais bien retrouver mes aventures autour du monde en bandes dessinées. Non pas que ma vie soit extraordinaire, mais ça pourrait être drôle, non ? En attendant, je choisis une BD d'un duo auteur-illustratrice nommés Joris Chamblain et Pacotine, *Nanny Mandy*. Trop cool !

— Mais on est là pour faire nos devoirs, hein ? me taquine Gino.

— Oui, oui !

Au deuxième étage se trouvent de petites salles qu'il est possible d'occuper pour étudier. Nous

nous enfermons dans l'une d'elles afin de pouvoir parler. Nous avons bien sûr du travail mais, après avoir résolu toutes les équations données par notre prof de maths, nos pensées reviennent au mystère « Youssef Al Soudais ».

— Je propose que nous fassions le point, commencé-je.

— D'accord. Que diriez-vous de noter toutes nos observations et nos hypothèses ? suggère Gino en sortant une feuille de papier vierge.

— Bonne idée ! approuve Gina.

— Ces quatre derniers jours, continué-je, nous avons, ensemble ou séparément, croisé Youssef quatre fois en dehors de l'école et hors du quartier où il habite. La première fois, c'était place D'Youville, samedi dernier, alors que je mangeais avec ma mère au restaurant Il Teatro.

— Quelle heure était-il ? m'interroge Gino, l'air sérieux.

— Euh... approximativement 14 h.

Il note soigneusement :

Place D'Youville, 14 h, samedi.

— Qu'as-tu vu exactement ?

— Ben, je l'ai vu arriver en provenance du Vieux-Québec par la porte Saint-Jean et entrer dans le même édifice qu'hier soir.

— Par la même porte ?

— Oui.

— L'as-tu vu sortir quelque chose de sa poche ?

— Non, je n'ai pas remarqué.

— Tu ne sais donc pas comment il a fait pour entrer ?

— Non.

— Tu es certaine qu'il était seul ?

— Certaine.

Ouf, c'est du sérieux, cet interrogatoire ! En même temps, c'est super excitant de jouer les détectives en herbe, et il fait tellement bien ça, mon Gino ! ☺

— La seconde fois, reprend Gina, c'était le soir même, autour de 18 h.

— Qu'avez-vous vu exactement ? recommence Gino, le crayon toujours en main.

— On a vu Youssef en train de discuter avec deux hommes plus âgés que lui, tout près de la Grande Allée.

— Où précisément ?

— Au même endroit où on l'a aperçu hier soir, c'est-à-dire devant ce qui semble être une entrée de service du Concorde, dans la ruelle entre l'hôtel et le restaurant qui le précède.

— La porte était ouverte ?

— Je ne sais pas. As-tu remarqué, toi, Jules ? me demande Gina.

— Entrouverte, oui, acquiescé-je.

— À votre connaissance, Youssef est-il entré ?

— Non, il est resté dehors jusqu'au moment de tourner les talons et de partir.

— Avez-vous constaté autre chose ?

— Les deux hommes qui l'accompagnaient portaient un uniforme blanc, comme ceux des employés de cuisine des restaurants, et ils fumaient, précise Gina.

— Beurk ! C'est dégoûtant, désapprouve Gino.

— Je suis bien d'accord avec toi, souligné-je. 😛

— Autre chose ?

— On a vu celui qui semblait le plus âgé des deux hommes remettre une enveloppe blanche à Youssef, rappelé-je.

— Vous avez une idée de ce que contenait cette enveloppe ?

— Comment on le pourrait ? s'étonne Gina.

— J'imagine que ça devait être de l'argent, dis-je. Ou autre chose...

— Une enveloppe de quelle taille ? questionne Gino.

— De la taille de l'enveloppe d'une facture. Maman en reçoit tout le temps plein à la maison.

Je fais la grimace.

—Ouais, la mienne aussi, ajoute Gina. Alors, le suspect a glissé l'enveloppe dans sa poche et s'est éloigné. On ne sait pas où il est allé ensuite.

—Et la troisième fois ? réplique Gino. C'était hier soir, quand on l'a aperçu à la patinoire ?

—On l'a d'abord vu quitter l'école pour se rendre sur la Grande Allée à l'heure du lunch, précisé-je.

—Et à 18 h, il est arrivé de nouveau du Vieux-Québec et il est entré dans la tour à bureaux avant de ressortir à 21 h. On n'a pas pu découvrir comment il s'y est pris pour y accéder, on était trop loin de lui, mais on l'a bel et bien surpris à sortir une carte magnétique de sa poche de manteau et à s'en servir pour entrer au Concorde, à 21 h 15, résume Gina.

Gino continue de tout noter soigneusement.

—Alors, qu'en penses-tu ? lui demandé-je.

Perplexe, il se gratte le sommet du crâne avec son crayon de plomb.

—J'en sais trop rien.

—Puis-je y aller d'une supposition ?

—Vas-y, ma belle, on t'écoute.

—Oui, renchérit Gina, toi qui as déjà vécu tant d'aventures à travers le monde, qu'en penses-tu ?

—Eh bien, je me demande si l'enveloppe blanche qui a été remise à Youssef samedi soir ne contenait pas justement la carte magnétique qui lui a permis d'entrer au Concorde hier soir.

Gino me lance un regard admiratif.

— C'est une hypothèse qui vaut la peine d'être examinée...

— C'est sûrement ça ! s'exclame Gina. Ma vieille, tu es un génie ! Alors qu'ils étaient en service, les deux hommes, les deux complices présumés, lui auront remis la clé magnétique qui a permis à Youssef d'ouvrir la porte de service plus tard, c'est-à-dire en dehors des heures où il y a quelqu'un derrière cette porte. Le lundi soir, il n'y a probablement aucune livraison et le local situé derrière était sûrement désert quand on a vu Youssef y entrer.

— Tut, tut, tut, émet Gino. Pas trop vite.

— Vous croyez que Youssef est un cambrioleur ? avancé-je.

— Justement pas, en ce qui me concerne, répond Gino. Il doit y avoir une autre explication. S'il était allé au Concorde pour cambrioler hier soir, pourquoi y serait-il retourné à l'heure du lunch ?

— On l'a vu se diriger vers la Grande Allée lundi midi, mais rien ne nous prouve que c'était pour se rendre à l'hôtel, argué-je.

— Encore une fois, bravo pour ton raisonnement, me félicite Gino. Tu ferais une excellente détective, je crois.

Je rougis de plaisir.

— Je suis d'accord avec Gino, intervient Gina. Youssef est peut-être simplement le jeune complice d'un quelconque trafic. Peut-être même qu'il agit sous la contrainte d'un chantage et qu'il est une victime innocente. Ou s'il se rendait dans tous ces endroits simplement pour livrer quelque chose... De la drogue ?

Elle roule de gros yeux.

— Ou peut-être pas, la contredit Gino. Je te rappelle qu'il a passé trois heures dans l'édifice de la place D'Youville hier soir.

Il dépose son crayon.

— Je propose qu'on arrête d'échafauder des hypothèses pour le moment. Demain, à l'école, je m'approcherai de Youssef pour lui poser gentiment quelques questions subtiles, histoire de d'entendre ce qu'il a à dire. Qu'en pensez-vous ? On pourrait avoir des surprises.

— Je pense que c'est une très bonne idée, approuvé-je.

— Hum... s'il n'est pas net, il ne te dira certainement rien de valable ou qui puisse l'incriminer.

Il mentira. À mon avis, ça ne donnera pas grand-chose, sinon que ça risque de l'inciter à se méfier de nous, s'oppose Gina.

Gino ne semble pas trop se formaliser du désaccord de notre amie.

— Comme toi, j'ai très envie de vivre une aventure à la hauteur de celles dont Jules a l'habitude, explique-t-il, mais je crains que ton imagination ne soit réellement trop fertile.

— On verra bien, répond ma copine, tel un chat qui s'apprête à avaler une souris.

Décidément, ma vie est pleine de rebondissements. À quoi va donc ressembler la suite ? ☺

17 H 45

En route vers l'appartement où vit Gino, je me souviens soudain que j'avais promis à ma mère de passer la voir ce soir. Oh là là ! C'est ennuyeux, ça ! Hier, je ne pouvais pas savoir que mon chum m'inviterait à passer la Saint-Valentin avec lui. Maintenant, je n'ai pas très envie de saborder ma soirée... Maman aurait pu y penser aussi ! 😑 Pendant un quart de seconde, je me sens un peu coupable à l'idée de la laisser passer la Saint-Valentin toute seule à l'hôpital, mais ce n'est tout de même pas ma faute si j'ai un petit copain et pas elle ! Et puis, elle semblait aller très bien quand je l'ai eue au téléphone, ce matin. Lorsque Gino me saisit le bras de sa main gantée, j'oublie instantanément tous mes remords et je ne pense plus qu'à la formidable fête qui m'attend.

18 H

Gino et sa famille habitent le haut d'un modeste duplex de la rue Arago, à une quinzaine de minutes de marche de chez moi, en passant par le boulevard Charest. La maison est presque située en bas de l'escalier Victoria, près de la côte Salaberry. Ça veut dire que mon ami peut se permettre de venir à l'école à pied le matin, à condition d'avoir envie de monter une centaine de marches.

Québec bénéficie de près de trente escaliers publics reliant les deux parties du centre-ville que l'on appelle la Haute-Ville et la Basse-Ville. L'escalier Victoria compte cent trente-neuf marches. Cela vous semble beaucoup ? Celui du Cap-Blanc en a trois cent quatre-vingt-dix-huit ! C'est bon pour le cœur de monter des escaliers ! ☺

18 H 05

Je suis quand même intimidée. C'est la première fois que je suis invitée à manger chez Gino en tant que copine « officielle ». Devrais-je me comporter différemment que du temps où il n'était que mon *BFF ?* Un coup d'œil en direction de Gina me confirme qu'elle n'est pas du tout mal à l'aise, elle. J'inspire profondément et tente d'imiter son sourire, style Mona Lisa. Vous avez déjà vécu cette situation, vous ? ☺

20 H

C'est fou ce qu'on s'amuse ici ! Gino a un petit frère (*un hermanito*) super malcommode, prénommé Elias, et une adorable petite sœur *(una hermanita)*, qui s'appelle Laura. Sa maman et son papa ont conservé leur accent latino-américain et c'est vraiment drôle de les écouter parler en tentant de prendre l'accent québécois. Ils ont passé la majorité de leur vie à Buenos Aires, en Argentine. Gino est né là-bas tandis que son frère et sa sœur sont venus au monde ici. Mon chum partage sa chambre avec son cadet, mais la benjamine dort dans le salon, alors on ne pourra pas rester trop tard. La famille vit à l'étroit, mais ils semblent tellement heureux, tous les cinq ! Pour l'heure, nous jouons à un jeu de société et de coopération qui s'appelle Le petit Chaperon rouge. Tous ensemble, il faut aider le petit Chaperon rouge à rejoindre la chaumière de sa mère-grand avant que le loup n'y pointe son museau. On doit cueillir des fleurs et avancer dans la forêt en prenant suffisamment de risques pour aller plus vite que le loup. Gino, qui joue le loup, gagne tout le temps, mais il triche le plus souvent possible pour laisser sa petite sœur gagner de temps en temps. Adorable !

Au centre de la table, il y a un bouquet de douze roses rouges que le père de Gino a offert à sa femme. Avec la permission de sa mère, Gino m'en a donné une.

— Pour toi, ma belle.

— Oh ! Merci ! me suis-je exclamée, sans savoir s'il fallait ajouter quelque chose.

La maman de Gino ne rate pas une occasion de me serrer dans ses bras. Elle est si affectueuse qu'elle me rappelle ma mère et ça m'attriste un peu. Lorsque Gino lui a expliqué que maman était à l'hôpital, elle m'a étreinte comme si c'était moi qui étais malade en s'écriant : « *¡ La pobrecita tiene miedo para su mama !* » ou quelque chose comme ça. Gino m'a traduit sa phrase qui signifie : « La pauvre petite a peur pour sa maman! » Je n'ai pas su quoi répondre... Comment a-t-elle deviné puisque je n'en ai parlé à personne? Puis, nous avons mangé des *empanadas*, une sorte de petits chaussons de pâte farcis avec de la viande hachée. Pour le dessert, nous dégustons un immense gâteau au chocolat en forme de cœur décoré d'un glaçage rose et rouge. Je trouve cette soirée TEL-LE-MENT romantique!

20 H 30

Mais le clou de la fête, c'est maintenant. En rougissant, Gino me présente une toute petite boîte enveloppée de papier rouge. J'en reste bouche bée! Qu'est-ce que ça peut bien être? Assise en face de moi, Gina me lance un formidable coup de pied sous la table (AYOYE!), mais je le sens à peine. J'ai du mal à déchirer le papier d'emballage de mon minuscule paquet tellement je suis excitée! À l'intérieur de la boîte, je découvre un bracelet en cuir formé de deux lanières entrelacées. Il est si joli! Lorsque je relève les yeux vers mon chum, je constate qu'il est ému. Les larmes me montent presque aux yeux. Dire que je me suis fait tant de mauvais sang à l'école aujourd'hui à cause de cette histoire de Saint-Valentin! Heureusement, j'ai toujours la carte de vœu en forme de cœur que j'ai fabriquée pour lui, bien rangée dans la poche arrière droite de mon jeans. Lorsque je la lui montre, il paraît encore plus surpris que moi tout à l'heure. Il sourit en la lisant.

— Tu l'aimes ? demandé-je, un peu anxieuse.

— C'est la chose la plus jolie que l'on m'ait jamais offerte, répond Gino en m'embrassant sur le bout du nez devant toute sa famille.

Quelle délicieuse journée, vraiment !

— Il reste encore du gâteau ? réclamé-je pour faire diversion.

21 H

Gina et moi rentrons avec le métrobus. Gino a insisté pour nous accompagner jusqu'à l'arrêt et il attend le bus avec nous. Il est si galant ! Pendant que nous tapons du pied pour nous tenir chaud, il m'enlace et approche ses lèvres des miennes en chuchotant :

— Merci d'avoir bien voulu venir souper à la maison, Jules. Bonne Saint-Valentin, *corazon mio*.

Il m'a appelée « mon cœur », c'est trop *cuuute !*

— Ouais, on s'est vraiment bien a...

Je suis interrompue par un long baiser sur les lèvres.

— Jules ?

— Oui, Gino ?

— Je crois que je t'aime. Enfin, je sais que je t'aime depuis longtemps, mais ce que je veux dire, c'est que je t'aime vraiment sérieusement et j'espère que ça va durer longtemps, nous deux.

Il avale sa salive. Il est si rouge que même ses oreilles ont pris la teinte de la rose qu'il m'a offerte tout à l'heure et que j'ai glissée dans mon sac.

— Ce que j'essaie d'exprimer, poursuit-il avec difficulté, c'est que tu comptes réellement pour moi et que, si tu partages mes sentiments, je suis le gars le plus heureux du monde.

— Je t'aime aussi, Gino.

Je choisis de fermer les yeux lorsqu'il m'embrasse de nouveau. Mon cœur bat comme si c'était la première fois. En fait, on est plus ou moins ensemble depuis quelques semaines, mais mis à part quelques baisers rapides sur les lèvres ou sur le front, il ne m'avait encore jamais vraiment « embrassée », je pense que vous voyez où je veux en venir. Lorsque la langue de Gino vient doucement écarter mes lèvres, je ne suis pas certaine d'apprécier réellement la sensation (c'est un peu bizarre, voire même dégueu), mais c'est quand même *chill* d'avoir essayé. ☺

— Grouille-toi, voilà le bus ! s'écrie Gina.

— Oui, oui, j'arrive.

Je fais un signe de la main en guise d'au revoir à Gino en soupirant. Oui, c'est super cool d'avoir un chum !

21 H 10

En descendant à la station du Grand Théâtre, au coin du boulevard René-Levesque et de la rue de Claire-Fontaine, Gina et moi apercevons Youssef qui monte la rue de Claire-Fontaine, droit devant nous, manifestement en direction de la Grande Allée.

— Encore lui ! m'exclamé-je. Décidément…

— C'est le moment ou jamais de le suivre de nouveau, réplique Gina.

— T'es sérieuse, là ? Si ta mère se met en colère comme hier soir…

— Elle sait que nous sommes en route. Je l'ai appelée juste avant de partir de chez Gino. On n'aura qu'à dire que c'est la faute du bus. Viens !

Me prenant par le bras, elle m'entraîne à sa suite. Comme je veux moi aussi en avoir le cœur net, je ne rouspète pas. Après tout, Gino ne nous a pas interdit de poursuivre la filature sans lui !

À pas de loup, Gina et moi rasons encore une fois les murs, soucieuses de ne pas attirer l'attention de notre « proie ». Il fait nuit noire et la rue de Claire-Fontaine est déserte, sans voitures ni passants. Au bout de la rue, Youssef tourne à droite sur la Grande Allée. (Je le savais !) Lorsqu'il arrive devant Le Concorde, il traverse puis se dirige tout droit vers l'entrée de service que nous l'avons déjà vu emprunter. Encore une fois, il sort une carte magnétique de sa poche et la passe devant un lecteur de carte avant de tirer sur la poignée. La porte s'ouvre aisément et le garçon disparaît à l'intérieur.

— Eh ben ! s'ébahit Gina. Tu crois qu'il y a du monde de l'autre côté de cette porte ?

— Je n'en ai pas la moindre idée !

— Je me demande s'il arrivait de chez lui, cette fois, ou s'il revenait encore de la place D'Youville.

— Je me le demande aussi. Ça pourrait être l'un comme l'autre.

— On fait quoi ? On attend un peu pour savoir s'il va ressortir ?

— D'accord. On patiente quelques minutes puis, s'il ne se passe rien, on s'en va. Je ne veux pas prendre le risque que ta mère nous prive de sortie pour le reste de la semaine.

— Tu as raison. On attend dix minutes et on rentre.

21 H 30

À 21 h 25, Youssef n'étant toujours pas réapparu, nous avons tourné les talons et sommes rentrées chez Gina. Sa mère n'a pas dit un mot, ce coup-ci. (Ah, ces adultes ! II n'y a rien à comprendre des continuelles contradictions de leur comportement ! 😛) Après avoir brossé nos dents avec soin, nous avons enfilé nos pyjamas et nous nous sommes mises au lit. Au poignet, je porte le bracelet que m'a offert Gino. Chacune la tête sur son oreiller, nous discutons avant de nous endormir, comme deux sœurs jumelles. Je trippe ! C'est tellement cool de pouvoir partager ses pensées secrètes avec quelqu'un de confiance avant de s'endormir !

— Comment as-tu su que tu étais amoureuse de Gino ? s'intéresse mon amie.

— Ben, je sais pas trop. C'est venu peu à peu. Au début, je l'aimais de la même façon que je t'aime toi, je crois, c'est-à-dire comme un frère. C'est plus tard que les choses ont changé.

— Changé comment ?

— Ben, dans le sens où, tout d'un coup, j'ai commencé à le voir différemment, à l'écouter différemment.

— Ça veut dire quoi au juste "différemment" ? insiste mon amie qui semble un brin incrédule.

— Par exemple, je me suis mise à rougir quand il me faisait des compliments.

Tu rougis tout le temps, quelle que soit la personne qui t'en fait, voyons donc !

— Pas quand le compliment vient de ma mère, de ma grand-mère ou de toi. C'était pareil pour Gino aussi quand il n'était encore que mon meilleur ami.

— Peut-être, mais ça ne me semble pas suffisant pour dire que tu "l'aimes". T'as un autre exemple ?

— Mon cœur s'affolait quand je pensais à lui ou quand je le voyais.

— Oh ! Il battait plus vite ?

— Oui. Je commençais aussi à penser à lui de façon différente.

— Comment ?

— Si tu veux tout savoir, j'essayais de l'imaginer en train de m'embrasser. Je me demandais quel effet ça me ferait.

— Tu veux dire, s'il t'embrassait sur la bouche plutôt que simplement sur les joues ou sur le front comme il le faisait tout le temps ?

— C'est ça ! Je me suis mise à avoir des pensées romantiques. À m'imaginer faire du patin avec lui main dans la main, par exemple.

— Oh ! Comme l'autre soir ?

— Oui. Avec la neige qui tombait, c'était si romantique !

— Ah, oui ? Bof... Eh ben, moi, je rêve surtout de vivre enfin une folle aventure avec Gino et toi, dans le genre de celles qui t'arrivent tout le temps quand tu es en voyage avec ta mère, soutient Gina, changeant soudainement de sujet.

— Vraiment ? Alors, cette fois-ci, ça y est. Dis-moi, tu crois vraiment que Youssef est impliqué dans quelque chose de pas net ?

— J'en suis persuadée. Il n'a que treize ou quatorze ans et il est dehors, tout seul, tous les soirs. Ta mère te laisserait faire ça, toi ? On a quitté la Grande Allée à 21 h 30 et il n'était toujours pas ressorti. Je me demande quand il dort...

— En classe, plaisanté-je.

— Quand il ne se sauve pas de l'école au beau milieu de la journée !

— Hum... On n'a jamais vu ses parents, c'est vrai. Lors de la réunion de parents d'élèves, en début d'année, il ne fréquentait pas encore notre école...

— Sur la page couverture du journal que lisait maman ce matin, mentionne Gina, il y avait deux gros titres assez effrayants : "Menace terroriste, la capitale est-elle en danger ?" et "Hausse de la criminalité dans notre communauté".

— Tu crois que Youssef est un terroriste ?

J'écarquille les yeux en la regardant. Je ne peux pas croire que ce soit possible.

— J'en sais rien, mais j'ai entendu dire que les groupes criminels recrutaient souvent des adolescents.

— Hum...

Cette histoire me met mal à l'aise. J'ai comme tout le monde entendu parler des enfants soldats, enrôlés de force dans certains pays en guerre, mais ça semble tellement irréel. À Québec, nous sommes à l'abri, du moins, c'est ce que je crois. Des attentats terroristes, des enfants esclaves ou contraints à se battre, je ne voudrais jamais voir ça ! Ça me semble trop injuste d'autant que Gina, Gino et moi menons des vies tellement protégées. ☹

Mercredi 15 février

14 H 30

Nous sommes en classe de maths avec Gina et Gino. Mon chum se penche vers moi pour me glisser un mot à l'oreille.

— T'as vu ? Youssef n'est pas là. Je prévoyais lui parler, mais je ne l'ai pas aperçu de la journée.

— J'ai remarqué, oui, mais il était présent ce matin à mon cours de sciences, à 9 h, et aussi en anglais, à 13 h, juste après le lunch.

— Vous avez vu ? Youssef n'est pas là ! chuchote à son tour Gina.

— Ouin, acquiescé-je. On parie qu'il est sur la Grande Allée ?

Oups ! Le regard de monsieur Pythagore vient de se tourner dans notre direction.

— Puis-je savoir ce qui occupe tellement les trois mousquetaires, en arrière ? Julieeette Bérubé, quel est le sujet de votre si passionnante conversation avec vos petits copains ? Pourriez-vous en faire profiter le reste de l'assistance, s'il vous plaît ?

— Euh... c'était rien d'important, m'sieur.

— Pourquoi déranger toute la salle si ce n'est rien d'important ? Je suis plus que las de vos écarts de conduite, mademoiselle, et de votre papotage continuel en classe. Venez prendre la place libre en avant !

— Hein ? Mais...

— Immédiatement !

Le ton péremptoire du prof ne laisse planer aucun doute sur le sérieux de cet ordre. Misère ! Je ne vais quand même pas devoir passer toute la période de classe collée au bureau du python... 😛

15 H 20

Ginette m'a avertie ce matin qu'elle ne pourrait pas m'emmener à l'hôpital ce soir parce qu'elle doit travailler tard. Mes amis m'ont donc tous deux gentiment offert de m'accompagner à sa place, et nous avons décidé de nous y rendre tout de suite après l'école. Je suis soulagée parce que je dois avouer que je me sentais mal à l'aise à l'idée d'aller là-bas toute seule, une fois la nuit tombée. D'autant plus que la température s'est considérablement refroidie depuis hier. Il fait un froid polaire (moins huit mille degrés, minimum) et on se transforme instantanément en monument de glace rien qu'en mettant le pied dehors. (Puisque je vous le dis ! ☺)

J'espère que ma mère n'est pas plus mal en point. Je ne suis pas vraiment anxieuse à son sujet, mais on dirait que je viens de comprendre qu'elle n'est pas immortelle.

L'Hôtel-Dieu est le plus vieil hôpital de la ville et il est situé dans le Vieux-Québec, passé la porte Saint-Jean, le long de la côte du Palais. Je grelotte autant d'appréhension que de froid en arrivant à la hauteur de l'intersection de la rue Saint-Jean et de la côte. La tête basse, mes amis sur les talons, je regarde mes pieds. Je sursaute lorsque Gino s'arrête pour parler à quelqu'un. Je n'ai rien vu venir.

— Youssef ! Salut ! Que fais-tu ici ? s'enquiert mon ami.

— Salut, Gino, je suis en retard, désolé !

Bien décidé à en apprendre davantage, Gino met la main sur l'épaule du garçon et insiste.

— Tu n'es pas venu en cours de maths, on a cru que tu étais malade. Tu arrives d'où comme ça ?

— Excuse-moi, mon ami, mais je suis vraiment pressé. On se voit en classe demain.

Sans plus de cérémonie, Youssef se dégage de l'emprise de Gino, fait un pas de côté pour descendre du trottoir et s'éloigne à pas rapides.

—Ça alors! On dirait qu'il y a le feu quelque part! s'étonne Gina. En tout cas, il n'était pas sur la Grande Allée, cette fin d'après-midi... Vous avez remarqué le peu d'épaisseur de son manteau! Brrr...

—Je suis d'accord avec vous, les filles, les activités de ce garçon sont vraiment étranges. Je crois que ça vaut la peine de tenter d'élucider ce mystère, conclut Gino en se grattant le sommet du crâne.

Il fait tout le temps ça quand il est perplexe, mon chum. Trop *cuuute!* Quant à Youssef, c'est vrai que le manteau qu'il porte n'est vraiment pas adapté à la température glaciale. C'est surprenant compte tenu de tout le temps que ce garçon passe à se balader en plein air...

15 H 30

En poussant la porte de la chambre 505, où doit se trouver maman, je suis un peu nerveuse. Je ne sais pas trop ce qui m'attend. À la main, je tiens un sac de bonbons pour elle. Enfin, pour dire la vérité, il s'agit du restant du sac de bonbons que je me suis acheté à la confiserie Pinoche, rue Cartier. Gina et moi y allons très souvent à l'heure du lunch. Lors de la pause de l'après-midi, les deux mains dans mon sac de jujubes multicolores, j'ai été prise de remords. Il paraît que la nourriture qu'on sert dans les hôpitaux n'est pas très bonne. Du moins, c'est ce qu'affirme Ginette. J'espère que maman apprécie les jujubes et les Jelly Belly…

— Maman ?

Mon cœur s'arrête complètement de battre une seconde. La dame dans le lit près de la porte, qui me regarde avec de grands yeux hagards, N'EST PAS ma mère ! C'est une petite vieille, échevelée et édentée. *OMG !* Je suis en plein cauchemar ! Où est mamaaan ?

— Je suis là, Juliettounette.

— Hein ?

Il s'agit d'une chambre à trois lits. J'écarquille les yeux. Dans le lit du milieu, il n'y a personne, mais tout au fond de la pièce, dans la couchette située près de la fenêtre, j'aperçois ma mère qui, semble-t-il, vient tout juste de se réveiller. Je la reconnais à peine. Un soluté est planté dans son bras gauche et elle est toute pâle. Je jurerais qu'elle a maigri. On ne lui donne donc rien à manger ici ? Je me précipite sur elle.

— Maman !

— Viens là, m'appelle-t-elle en me tendant les bras. Comment vas-tu, ma toute belle ? Oups ! Fais attention, j'ai un pansement là, sur l'estomac.

— Oh ! Je suis désolée ! Tu as mal, m'man ? fais-je en l'embrassant délicatement.

— Pas trop, rassure-toi. Venez, vous aussi, les enfants. Il y a un fauteuil à côté de mon lit et suffisamment d'espace pour vous asseoir à mes pieds si le cœur vous en dit.

— Comment allez-vous, Marianne ? s'inquiète Gina en embrassant elle aussi ma mère.

— Bonsoir, madame Bérubé. Content de vous revoir, la salue timidement Gino en lui tendant la main.

— Je suis si heureuse de vous voir, les poussinots ! Je vais bien. Allez, ne soyez pas timides. Asseyez-vous.

Gina et moi nous installons au pied du lit. En appui sur un coude, maman se soulève péniblement.

— Gino, veux-tu m'aider, s'il te plaît ? Il doit y avoir une manivelle au pied du lit. Tourne-la vers la droite pour remonter la partie supérieure du matelas. Ça me permettra de m'asseoir plus facilement.

En disant cela, elle laisse échapper une grimace de douleur. La pauvre ! ☹ Trop heureux de pouvoir se rendre utile, mon ami ne se fait pas prier et s'exécute avec empressement, avant de prendre place dans l'unique fauteuil. Une fois assise, ma mère semble reprendre un peu de couleur. Je la trouve tellement belle avec ses cheveux blonds et ses yeux verts. (Je ne comprends pas pourquoi je n'ai pas les mêmes d'ailleurs !)

— Tu dois avoir une jolie vue d'ici, m'man. C'est l'fun qu'on t'ait installée près de la fenêtre, non ?

— Oui, mais il a l'air de faire rudement froid dehors…

Normalement, on devrait distinguer les toits du Vieux-Québec, mais la seule chose que la fenêtre permette vraiment de voir ce soir, ce sont les jolis dessins formés par le givre sur la vitre. On dirait de la dentelle. Ça me fait penser à ce poème qu'on a appris par cœur en français.

— Tu te rappelles ces strophes que j'ai dû retenir, au début de l'année, m'man ? Celles d'Émile Nelligan qui parlent de neige.

— Bien sûr, ma pitchounette. Ça s'appelle *Soir d'hiver.*

Et sans même que je le lui aie demandé, elle commence à déclamer :

Ah ! comme la neige a neigé !
Ma vitre est un jardin de givre.
Ah ! comme la neige a neigé !
Qu'est-ce que le spasme de vivre
À la douleur que j'ai, que j'ai !

Tous les étangs gisent gelés,
Mon âme est noire : Où-vis-je ? Où vais-je ?
Tous ses espoirs gisent gelés :
Je suis la nouvelle Norvège
D'où les blonds ciels s'en sont allés.

Pleurez, oiseaux de février,
Au sinistre frisson des choses,
Pleurez, oiseaux de février,
Pleurez mes pleurs, pleurez mes roses,
Aux branches du genévrier.

Ah ! comme la neige a neigé !
Ma vitre est un jardin de givre.
Ah ! comme la neige a neigé !
Qu'est-ce que le spasme de vivre
À tout l'ennui que j'ai, que j'ai !...

Ce poème est si triste ! Je ne sais pas s'il me plaît vraiment ou s'il me fait simplement de la peine. Je crois que c'est les deux en même temps.

— Vas-tu bientôt sortir d'ici, m'man, dis-moi ?

— Si tout va bien, on devrait me laisser sortir cette fin de semaine. Comment ça se passe à la maison avec Juliette ? poursuit-elle avec un entrain simulé en s'adressant à Gina. Elle ne prend pas trop de place chez vous ?

— Pas du tout. Je suis trop contente de l'avoir avec moi. On sort tous les soirs ! laisse échapper mon amie, emportée par son enthousiasme.

— Pas tous les soirs et pas trop tard quand même ?

Ma mère se tourne vers moi, l'air soucieuse.

— Non, pas tous les soirs et pas trop tard, m'empressé-je de préciser en faisant les gros yeux à Gina. Ne t'inquiète surtout pas, m'man.

— Je te fais confiance, m'assure-t-elle avec un sourire fatigué.

Vivement qu'elle revienne à la maison ! Enfin, pas trop vivement, quand même. J'ai honte de l'avouer, mais je ne suis pas encore pressée de rentrer. Du moins, pas avant que nous n'ayons éclairci le mystère « Youssef ». ☺

18 H

Mon chum est rentré chez lui, tandis que Gina et moi nous préparons à passer la soirée devant la télé en attendant sa mère. Après avoir englouti quelques pogos arrosés de ketchup, nous nous attaquons avec détermination au reste de mon sac de bonbons. Ben oui ! Je sais... Sur le chemin du retour, je me suis rendu compte que j'avais oublié de le donner à ma mère. ☹ Je le regrette, évidemment, mais ça ne me semble pas une raison pour ne pas terminer le sac avant que les bonbons ne dessèchent... Un souper pas nutritif, vous dites ? Une fois de temps en temps, quand les parents ne sont pas là, ça ne peut faire de mal à personne ! Nous n'avons aucun devoir à faire ce soir et pas du tout envie d'étudier nos leçons. Nous n'avons pas non plus la moindre idée de l'heure à laquelle la maman de Gina va rentrer. Et puis, il y un super bon film à 20 h avec l'actrice Jennifer Lawrence.

— Crois-tu qu'on a le temps de le regarder, Gina ?

— Je pense bien, oui.

Me garder toute seule avec Gina, j'ai rien contre ça, moi. ☺

21 H 30

OMG ! J'ai mal au cœur. Le mieux serait sans doute que j'aille me mettre au lit. Se pourrait-il que ma demi-douzaine de pogos et les quelques bonbons que j'ai mangés m'aient rendue malade ? Nooon ! Qu'est-ce qu'elle me dit, maman, dans ces cas-là ? « Respire ! Respire ! » Je respire un grand coup et j'essaie de penser à autre chose, mais j'ai la tête qui tourne et mal à l'estomac.

— Ça va, Jules ? Tu es toute pâle, constate Gina.

— Je, je crois que je vais v... Beeeeurp ! Aaarrrh !

😛 Ben voilà. J'ai vomi.

22 H

Je me sens encore un peu mal, mais la lourdeur à l'estomac est passée. Allongée dans la chambre de Gina, les yeux ouverts, je me fais la réflexion que jamais ma mère ne me laisserait me mettre au lit toute seule, si elle n'était pas à l'hôpital. Ginette n'est toujours pas rentrée et je ne suis pas rassurée, non. Heureusement que j'ai pensé à prendre Éléphanteau avec moi. Je sais, il paraît que ça fait bébé de dormir avec une peluche à treize ans, mais je me suis attachée à mon petit éléphant et sa présence me rassure, lorsque maman n'est pas là, ou que je suis triste, ou lorsque je dors à l'extérieur de la maison, ou que quelque chose m'inquiète. Maman dit qu'elle a dormi avec un ours en peluche nommé Patrick jusqu'à l'âge de seize ans. Trop drôle, non ? Je ne pensais pas que ça puisse être possible, mais elle m'a raconté qu'elle l'avait d'abord abandonné vers l'âge de sept ans, mais qu'elle l'a repris avec elle dans le lit quand elle a commencé l'école secondaire, à douze ans. J'avoue que je la comprends. C'est terriblement stressant de commencer le secondaire ! Vous avez une peluche pour les moments angoissants vous aussi ou vous avez un autre truc pour vous réconforter ?

23 H 55

Le bruit d'une porte qui grince m'a réveillée. Qu'est-ce que ça peut bien être ?

— Gina ? T'as entendu ça ? Gin ?

Mon amie ne répond pas. Elle dort. J'imagine qu'il s'agit bien de sa mère qui rentre tard mais, comme personne ne vient vérifier si nous dormons, je n'ai aucun moyen d'en être sûre. Ce n'est pas très rassurant, je trouve.

23 H 59

Après avoir écouté les bruits de la maison pendant un moment, je finis par me rendormir en songeant à la sortie scolaire prévue demain.

Je dors d'un sommeil agité de cauchemars dans lesquels des zombies couverts de givre me courent après pour me transformer en monument de glace. Brrr….

Jeudi 16 février

10 H

Ce matin, monsieur Cayer emmène toute la classe d'histoire en visite au Village Nordik du Port de Québec ! Yahooou ! À la queue leu leu sur le trottoir, nous attendons de pouvoir monter à bord de l'autobus scolaire. La température est douce de nouveau et il neige à gros flocons. La figure levée vers le ciel, je tire la langue pour en capturer un. Je suis heureuse !

Lorsque c'est à mon tour de choisir un siège à bord du véhicule, je m'installe près de la fenêtre et Gina se met à côté de moi. Gino s'assied sur la banquette derrière nous. (Oui, je sais, mais vous n'auriez pas laissé votre meilleure amie toute seule sur la banquette arrière, vous non plus, hein ?) Mes deux *BFFs* sont avec moi et non seulement nous n'avons pas de cours un jeudi, mais nous serons en journée pédagogique demain, ce qui veut dire que je pourrai profiter d'une fin de semaine de trois jours entiers en leur compagnie. Si c'est pas le bonheur, ça !

Le Village Nordik, pour ceux qui se posent la question, c'est un village d'igloos temporaires aménagé sur l'eau gelée du fleuve afin d'y pratiquer la pêche sous la glace. Oui, oui, en plein centre-ville, dans le bassin Louise, on peut pêcher près d'une dizaine de variétés de poissons paraît-il, même en hiver ! Je n'ai encore jamais essayé, mais j'en rêve depuis longtemps, alors je suis TROP contente.

En descendant de l'autobus, qui s'est stationné au marché du Vieux-Port, mes amis et moi sommes subjugués par la vue des abris qui ont été dressés directement sur l'eau, enfin, je veux dire sur la glace, à l'endroit même où sont amarrés les bateaux en été. L'installation, tout en blanc, donne à l'ensemble des allures de village lunaire. (Non pas que je sois déjà allée sur la Lune, même si le python m'accuse constamment d'y passer mes cours de maths, mais enfin...) On va pêcher à l'intérieur de ces igloos, semble-t-il. Youpi ! Ça va être trop cool ! J'adore la pêche ! ☺

À la billetterie, on nous distribue le matériel nécessaire pour la journée : cannes à pêche, brimbales, louches et appâts. L'excitation des élèves est

à son comble. Chaque igloo peut accueillir jusqu'à dix-huit personnes. Le groupe se scinde donc en deux. À peu près personne n'a encore pêché sous la glace, mais tout le monde rêve déjà de remonter le plus grand poisson jamais aperçu au centre-ville ! Je me demande combien de ces énormes spécimens marins je vais pouvoir attraper à moi seule.

Le guide de pêche s'appelle Jean. Il nous apprend que les variétés de poissons qu'il est possible de prendre incluent la truite, le doré, la perchaude, le brochet et la lotte, et que nous pourrons rapporter à la maison ce que nous aurons pêché. Yahoou! Vous croyez qu'on peut mettre du poisson dans une recette de sauce à spaghetti? ☺

11 H

Aussi appelée « pêche blanche », la pêche sous la glace était autrefois pratiquée par les Amérindiens, mais c'est aujourd'hui un sport familial très populaire. Pour pouvoir s'y adonner en toute sécurité, il faut s'assurer que la glace à la surface de l'étang, du lac ou du fleuve sur lequel on s'aventure soit d'une épaisseur de seize pouces au moins. À l'aide d'une énorme perceuse, il faut ensuite faire un trou de six pouces de diamètre. La louche sert à enlever la glace qui flotte à la surface du trou. Puis, on s'installe sur un petit banc, on met sa ligne à l'eau et on... attend. On peut pêcher avec une canne à pêche ou avec une brimbale. Il s'agit d'une pièce d'équipement typique de la pêche sous la glace qui est constituée de deux bouts de bois vissés ensemble. Le premier est fixé au sol dans un petit tas de neige; le moulinet est accroché au second qui sert aussi de levier pour pouvoir mettre la canne à pêche à l'eau et l'y maintenir sans intervention du pêcheur. Mais, dans tous les cas, on attend, pis on attend encore ! ☺ Ouais, c'est un sport qui demande plus de patience que d'habileté, je suis d'accord. Mais attendez seulement de voir ce que je vais sortir de l'eau, moi ! Je serai la championne de la journée, je vous le dis !

Avec Gino, Gina, Laurence, Philippe, Sarah, Céleste, moi, le guide de pêche et huit autres, nous sommes seize dans cet igloo. Les autres élèves sont dans l'autre, avec monsieur Cayer et les sœurs Lirette. Hé, hé, hé ! Les paris sont déjà pris quant à savoir qui fera les plus grosses prises. Comme deux trous sont libres de notre côté, le guide de pêche y installe deux brimbales. Empoignant ma canne à pêche avec optimisme, je plonge ma propre ligne sous la glace. Il y a vingt pieds de profondeur, alors je dois dérouler le fil pendant un moment.

— Avant de mettre ta ligne à l'eau, il fallait fixer un appât au bout de l'hameçon, m'informe le guide de pêche en souriant.

— Ben oui, je sais, mais je n'ai pas apporté de ver de terre, m'excusé-je.

— Pas besoin de ver. Tiens !

Il me tend un sac en plastique transparent contenant une trentaine de petits poissons gris, tout ce qu'il y a de plus… morts.

— AR-QUE ! C'est pas nécessaire, merci.

— Ce sont des ménés, m'explique-t-il. On s'en sert comme appâts. Il faut juste passer le crochet de ton hameçon en travers de la tête. Dans le croquant.

Joignant le geste à la parole, il transperce la tête de son petit poisson pour me montrer l'exemple.

(Double AR-QUE !)

— Mais... mais... mais... bredouillé-je. Je croyais qu'on mettait des vers de terre au bout de l'hameçon.

(À la rigueur, je veux bien mettre un ver bien vivant au bout de ma ligne, mais un poisson mort, pas question !)

— En été, les vers de terre font l'affaire, oui, mais avoue qu'ils sont difficiles à trouver en hiver. Allez, enroule ta ligne et agrippes-y un méné avant de la relancer, d'accord ?

Il me lance un clin d'œil moqueur. Pourquoi diable les adultes se croient-ils obligés de nous faire des clins d'œil lorsqu'ils se paient notre tête ?

— Allons, fais comme moi. T'es capable. Ne fais pas la moumoune, m'encourage-t-il.

Comment ça la « moumoune » ? 😑 Il me prend pour qui ? *OMG !* Je crois que je vais me trouver mal. S'il m'oblige à l'imiter, je suis CERTAINE de me mettre à vomir ! Au secours, monsieur Cayer, il y a un sadique dans notre igloo ! Est-ce que j'ai la face d'une fille capable de transpercer la tête d'un méné avec un hameçon ? C'est fou ce que le monde est cruel. Moi, le poisson, je le mange, je ne le tue pas !

S'apercevant que je verdis à vue d'œil, Gino intervient. Après avoir saisi ma canne d'une main et un petit poisson de l'autre, il appâte le tout le plus vite possible et rejette prestement ma ligne à l'eau pendant que Laurence, Gina, Sarah et Céleste se tordent de rire.

Ben quoi ?

—Je ne vois pas ce qu'il y a de si drôle ! J'ignorais qu'il fallait s'attaquer à des petits poissons sans défense pour en attraper de plus gros. Vous le saviez, vous ?

—Ben, voyons, Jules Bérubé, tu pensais les pêcher en faisant des psst psst comme pour appeler un chat ? se moque Céleste.

—Eille, toi, Céleste Gagné, accroche-le, ton méné au bout de ton hameçon, que je voie comment tu t'y prends !

Évidemment, Céleste et Sarah rechignent elles aussi à appâter leurs lignes. Gino et Philippe s'en occupent galamment à leur place. Pfff ! Quant à Gina, elle refuse catégoriquement de se faire aider. Sacrée Gina !

— Si les gars sont capables, je ne vois pas pourquoi je n'y arriverais pas moi aussi, soutient-elle.

— C'est dégueulasse, me révolté-je. Tes doigts vont *full* sentir le poisson !

— Tu croyais qu'on allait à la pêche au bonbon ou quoi, Jules Bérubé ? rétorque-t-elle d'un ton narquois.

— Ben là…

— Occupe-toi de ta ligne, je pense que ça mord, signale-t-elle avec un signe de tête en direction de ma canne.

— Où ça ?

— Regarde !

J'ai peine à y croire, mais elle a raison. *OMG !* Ça tiiire !

— Ginooo, viens vite m'aideeer !

— Pas le temps, ma belle, je suis occupé.

Un coup d'œil dans sa direction me confirme qu'il est en effet très affairé. À le voir rembobiner sa ligne à bout de bras, je n'ai nul doute que quelque chose de gros a mordu. L'heure est grave. Je prends mon courage à deux mains et me cramponne vaillamment à la poignée de ma canne à pêche. Oh là là, je tiens quelque chose d'é-nor-me, je crois. On s'y prend comment avec le moulinet, déjà ?

— M'sieur ? Qu'est-ce que je dois faire maintenant ? Pouvez-vous tirer le poisson de là pour moi ?

Mais le guide de pêche ne répond pas. La vérité, c'est qu'il a d'autres chats à fouetter. Enfin, d'autres poissons à pêcher, devrais-je dire. Il semble en effet que ça morde en titi du côté des brimbales. Mais, et moi alors ? Qui va venir m'aider ?

— Gina ?

— Allez, Jules, t'as déjà fait face à des adversaires plus rudes qu'une pauvre truite innocente. Enroule lentement ta ligne à l'aide du moulinet et tire le poisson vers toi. T'es capable !

T'es capable, t'es capable… Elle en a de bonnes, Gina, ce matin ! Je sais très bien qu'il ne s'agit pas de piranhas et, bien sûr, que je suis plus que capable. Je ne faisais que réclamer un petit coup de pouce ! 😒 N'écoutant que mon courage, je tourne résolument le moulinet (houpelaille, c'est dur quand même !) jusqu'à voir soudain apparaître ma prise. Ce poisson est É-NOR-ME !

— Gino ! Gina ! M'sieur Jean ! Lau, Phil, Céleste, Sarah ! Regardez-moi çaaa !

— Oh ! La belle petite truite ! Elle doit bien faire au moins cinq ou six pouces, me félicite Gino qui brandit en même temps un poisson du… triple de la taille du mien (grrr…).

— Le tien, on dirait un requin ! m'ébahis-je, un peu dépitée.

— C'est juste un brochet, s'esclaffe Gino. Le tien est pas mal aussi. T'es pas croyable, ma belle ! Je t'adore.

Et là, à ma grande surprise et devant tout le monde, il se penche vers moi et me dépose un rapide baiser sur la bouche.

— Hooou ! Gino est en amooour ! se moque Philippe Marois.

Les autres ne tardent pas à l'imiter et les sifflets se mettent à pleuvoir. Je rougis comme un poisson rouge, mais Laurence Brasset me venge en assénant un coup de coude à Phil.

— T'es con, lui lance-t-elle. À moins que tu sois jaloux ?

— Pas du tout. Tu veux un bisou aussi ? fanfaronne-t-il en s'inclinant, les lèvres en avant.

— Ahhh ! Enlève-toi de là !

Elle le repousse avec un air à la fois déçu et faussement dégoûté. À l'école, tout le monde sait que Philippe Marois est amoureux de Laurence, mais il aimerait mieux se faire passer sur le corps par une déneigeuse plutôt que de l'avouer. Ils sont tellement stupides, les garçons parfois ! Sauf Gino, bien entendu. ☺

Revenons aux choses sérieuses. Au bout de ma canne, une truite gigote avec l'énergie du désespoir. La pauvre petite ! Un peu de sang coule de sa bouche, là où elle a mordu à l'hameçon. ☹ Et puis, pour gigoter, elle gigote en titi ! Oh là là ! Je peine à la tenir, là.

— Quelqu'un peut m'aider ?

— Qu'est-ce qu'il y a encore ? s'impatiente Gina, qui n'a rien pris. Tu veux que je le fasse ?

— Ben, oui, si tu veux, accepté-je, toute prête à lui passer ma canne pour lui permettre de décrocher le poisson à ma place.

Mais au moment où elle la prend, c'est sa propre ligne qui se met à tirer. Wow ! Ça mord comme c'est pas croyable ici !

— Euh... Y a un autre volontaire ? lancé-je.

En désespoir de cause, je me tourne vers Jean qui accepte aimablement de décrocher ma prise, avant de la laisser tomber nonchalamment dans la neige. Là encore, la pauvre truite se tortille, cherchant sans succès à respirer. Je suis un peu traumatisée, finalement. Je crois que je préfère cueillir des légumes ou des fruits. C'est vrai, on n'a jamais vu une carotte, une pomme ou une citrouille se tordre de douleur parce qu'on vient de la cueillir...

12 H 30

Je suis morte de faim, et je ne suis pas la seule. Cette matinée s'est avérée mémorable. Au total, notre groupe, comprenant le guide de pêche, a pêché vingt-deux poissons dont deux grands brochets (de treize et dix-huit pouces), quatre lottes, une perchaude et pas moins de quinze jolies truites avec la bedaine rose ! Nous avons indéniablement gagné le pari et nous sommes les champions puisque le groupe de monsieur Cayer n'a réussi à sortir de l'eau que huit truites, quatre dorés et une perchaude. Yahou ! Les émotions de ma première prise dissipées, j'ai même attrapé une seconde petite truite. Je ne suis pas peu fière et Jean m'a complimentée ! Y a pas à dire, je suis devenue une experte en un rien de temps. ☺

Le restaurant La Cuisine du marché propose de préparer tous les poissons que nous avons pêchés.

— Nous avons une entente avec le Village Nordik, explique monsieur Cayer. C'est moins compliqué que de tenter de diviser tous les poissons pour les rapporter à la maison, non ? Qu'en pensez-vous ?

— En mettant ensemble nos prises, il y en aura pour tout le monde, assurément, approuvé-je.

C'est trop cool de partager et de goûter ce qu'on a nous-mêmes pêché ! Quoique, les pauvres petites truites... Enfin, mieux vaut ne plus y penser !

Le chef éviscère et nettoie lui-même tous nos poissons (fort heureusement !). Puis, il glisse des rondelles de citron et de la coriandre à l'intérieur, et les fait cuire à la poêle avec un filet d'huile d'olive. Il accompagne le plat principal d'une salade verte et de pommes de terre rissolées. Un régal ! (C'est peut-être pas des spaghettis, mais c'est absolument délicieux, je vous le garantis.)

J'avale tout sans presque prendre le temps de respirer. Le grand air, ça ouvre l'appétit. La pause de midi nous a surtout permis de nous réchauffer les orteils en prévision de l'après-midi. Monsieur Cayer a en effet décidé d'emmener tout le monde patiner sur le fleuve.

Du sentier de patinage, la vue que nous avons des bâtiments historiques du Vieux-Port est magnifique. Avec Laurence, Gina, Phil, Gino et quelques autres, nous formons une longue chaîne, en nous tenant par la main. Mais c'est Céleste qui vole le *show*. Wow ! C'est trop beau de la voir patiner. Elle est TELLEMENT bonne ! Sarah, sa *best*, dit qu'elle participera probablement aux Championnats nationaux de patinage artistique l'an prochain. Même Phil la regarde avec la bouche ouverte et Laurence n'a pas l'air très contente. Pauvre Laurence, je lui souhaite de tout cœur que Phil se décide enfin à lui déclarer sa flamme. C'est trop clair que ces deux-là sont faits l'un pour l'autre !

15 H

Dans l'autobus qui nous ramène à l'école, Gina et moi tentons d'échaffauder des plans pour la soirée.

— Ta mère sera-t-elle à la maison, ce soir ? demandé-je à Gina.

— Euh... La vérité, c'est que je ne sais pas. L'entreprise pour laquelle elle travaille vient de signer un gros contrat et elle doit souvent faire des heures supplémentaires ces derniers temps.

— Ouais, elle travaille tard, j'ai remarqué. Et toi, Gino, tu as prévu quelque chose ?

— Moi, je dois m'occuper de mes frères et sœurs parce que mes parents vont faire leurs courses ensemble le jeudi soir.

— Oh ! Je comprends, dis-je, un peu déçue malgré tout. On se voit demain, alors ?

— Bien sûr ! promet-il en me gratifiant d'un bref baiser sur les lèvres avant de se lever pour descendre du bus le premier. À demain, les filles !

C'est tout ? Par la fenêtre, je le vois me faire un clin d'œil et un signe de la main. Moi qui croyais bêtement que la terre s'arrêterait de tourner dans le sens des aiguilles d'une montre le jour où j'aurais un chum pour de vrai, il semble que je me sois trompée…

— On va chez Ashton manger une poutine ? suggère Gina.

— Bonne idée !

La poutine est le repas réconfort par excellence !

Vendredi 17 février

9 H

C'est journée pédagogique, aujourd'hui. Ça veut dire que les profs sont en réunion et que les élèves ont congé de classe. Yahooou ! Hier soir, la maman de Gina nous a fait la surprise d'être déjà à la maison lorsque nous sommes rentrées. Comme elle avait travaillé toute la journée, elle n'avait pas très envie de cuisiner, alors elle a fait livrer une pizza garnie que nous avons mangée toutes les trois en regardant *Kung Fu Panda* à la télé. C'était très cool, mais après la poutine, il nous a fallu, Gina et moi, rouler vers la chambre à coucher tellement nos bedaines étaient pleines.

Ce matin, je savoure la joie d'avoir l'occasion de passer cette longue fin de semaine avec mes amis. C'est parti en lion ce matin. Nous sommes déjà debout parce que Ginette nous a réveillées, avant de partir travailler, pour nous demander de passer l'aspirateur... Je sais! Quel programme excitant! 😜 Je ne vois pas en quoi il est important de faire le ménage le matin plutôt que l'après-midi ou le soir, mais elle a dit que plus tôt nous nous exécuterons, plus tôt nous serons libres pour autre chose... Le genre d'argument que ma mère a elle aussi constamment à la bouche! Pfff! En tout cas, nous sommes en train de le faire. Ginette a aussi exigé que nous vidions le lave-vaisselle et la sécheuse et que nous sortions les poubelles. Ouf! Je n'en reviens pas à quel point les mères sont exigeantes de nos jours! Vous en pensez quoi, vous?

9 H 30

Mon Gino vient de m'adresser un message sur Messenger (je me demande comment il a fait pour deviner que Gina et moi serions réveillées à une heure aussi matinale, un jour de congé!). Il propose que nous allions faire un tour sur la terrasse Dufferin, derrière le Château Frontenac, cet après-midi. C'est une super idée, je trouve! Il est donc brillant, mon chum!

— Gino voudrait qu'on apporte nos patins. Il dit qu'il y a une patinoire là-bas.

— Vraiment ? Je suis pas certaine d'en avoir envie, hésite Gina. J'ai encore des ecchymoses un peu partout en souvenir de notre sortie de lundi soir et d'hier après-midi. Jamais je n'arriverai à la cheville de Céleste. Tu penses qu'on pourrait visiter le château, plutôt ?

— J'en sais trop rien. On peut toujours demander. Tu veux que j'en parle à Gino ?

— C'est pas la peine de le décevoir d'avance. On verra ça là-bas.

— Tu sais, Gina, il ne faut surtout pas te comparer à Céleste. L'essentiel, c'est pas de faire les championnats, mais de s'amuser.

— T'as raison, mon amie.

Elle me sourit.

— En attendant, allons voir ce que maman nous a laissé de bon à manger. J'ai faim, pas toi ?

— Il reste de la pizza, tu crois ?

— Pour le petit-déjeuner ?

— Pourquoi pas ?

— T'as raison. C'est une bonne idée !

12 H 15

Vêtues comme pour aller skier, nous marchons de la maison de Gina jusqu'à la terrasse Dufferin. Nous entrons dans le Vieux-Québec par la porte

Saint-Louis et la rue du même nom. En marchant, le frottement de nos cuisses habillées de pantalon en tissu imperméable produit un son désagréable : scroutch, scroutch, scroutch. J'ai l'impression que le monde entier n'entend que ce bruit gênant qui me perce littéralement les oreilles ! Je DÉTESTE ça ! Heureusement, nous voilà enfin arrivées.

La terrasse est à la fois un lieu de promenade et un belvédère d'où on admire la ville de Lévis, située juste en face de Québec, c'est-à-dire de l'autre côté du fleuve Saint-Laurent. D'après le panneau d'interprétation destiné aux visiteurs, son nom rend hommage à Lord Dufferin qui a été gouverneur du Canada au XIXe siècle, mais à mon avis, c'est avant tout un endroit très chouette et super romantique pour se balader avec son chum. ☺

Les patins sur l'épaule, Gino nous attend, appuyé à la rambarde érigée pour protéger les promeneurs d'une éventuelle chute du haut de la falaise du cap Diamant.

— Salut les filles ! Allô Gina ! Bonjour Jules, dit-il en nous faisant tour à tour une accolade.

Évidemment, il me serre contre lui un quart de seconde plus longtemps qu'il ne le fait avec Gina. ☺

— Vous n'avez pas pris vos patins ?

Pour ne pas le désappointer, je choisis de faire un pieux mensonge, en me tapant le front du dos de la main.

— Flûte ! On les a oubliés...

Il a l'air déçu, mais pas mécontent.

— C'est pas grave. Si vous voulez, à la place de patiner, on pourrait peut-être descendre dans le quartier du Petit-Champlain, après la glissade, et prendre le traversier vers Lévis. Ça me plairait bien.

— Quelle bonne idée ! adhéré-je. Tu crois qu'on pourra aussi entrer dans le château et le visiter ? Gina et moi, on aimerait faire ça.

— On ira se renseigner tout à l'heure pour voir si c'est possible. Je suis curieux aussi. J'habite ici depuis presque dix ans et je ne suis jamais entré à l'intérieur, mentionne Gino.

Moi, je suis née à Québec et je n'ai jamais visité le château non plus. Pourtant, j'en ai vu des bâtiments historiques, en voyage avec ma mère...

13 H

On commence l'après-midi avec la pièce de résistance : la plus ancienne glissade sur neige de toute la ville. La pente, construite en bois, puis recouverte de neige, est vertigineuse. Tellement qu'il est difficile à croire qu'elle a été conçue en 1884. Wow, il en est passé des enfants là-dessus !

Il faut d'abord se procurer des billets au petit kiosque en bois situé sur la terrasse afin de pouvoir louer les traînes sauvages[1]. La préposée qui surveille la glissade prend la peine de nous avertir : la vitesse de glisse atteint facilement les soixante-dix kilomètres à l'heure. Yahoou ! Plus ça va vite, plus j'aime ça moi, je vous l'ai déjà dit !

13 H 15

Après quelques descentes à toute allure, Gina et moi sommes littéralement gelées. À la suggestion de Gino, nous mettons le cap sur le château au toit de cuivre pour nous renseigner sur les visites. Nos vêtements sont enneigés, alors nous nous secouons avec vigueur avant d'entrer, histoire de ne pas faire mauvaise impression.

Au comptoir de la réception, une dame nous accueille avec le sourire. À ses pieds est allongé un très beau chien. Lorsque nous nous penchons pour le caresser, il se laisse faire docilement, offrant même sa chaude bedaine à nos doigts glacés.

---

1. Voir miniguide p. 218.

— Elle s'appelle Daphnie et elle est notre ambassadeur canin, nous apprend la dame.

— De quelle race est-elle ? s'informe poliment Gino.

— C'est un croisement de Bouvier bernois et de Labernois. Je peux vous être utile à quelque chose, les enfants ?

— Oui, répond Gina. Nous aimerions savoir s'il est possible de visiter le château.

— Oh ! Certainement, confirme la réceptionniste. Le prochain départ aura d'ailleurs lieu dans quelques minutes. Si vous le souhaitez, vous pouvez vous débarrasser de vos vêtements en les laissant au vestiaire, là-bas, en face de l'entrée.

Nous nous empressons d'accepter. Le son du « scroutch, scroutch, scroutch » de nos pantalons, tout le long de la visite, ça ne nous tentait pas vraiment ! En attendant le départ du groupe, nous furetons dans le hall qui est vraiment très chic avec ses tapis moelleux, ses œuvres d'art et ses boutiques. Malgré son nom évocateur, le Château Frontenac n'a jamais abrité de roi, de reine ou de belle princesse. Le saviez-vous ? Ma mère me l'a appris. Il n'a pas non plus été la résidence du comte de Frontenac. Par contre, c'est l'hôtel le plus célèbre de la ville depuis sa construction, à la fin du XIXe siècle. Maman dit aussi que c'est l'hôtel le plus photographié au monde, en plus d'être l'icône évoquant le mieux la ville de Québec. J'ai hâte d'en savoir plus !

13 H 30

Notre guide est une jeune fille habillée d'une jupe longue, d'un tablier, d'une blouse et d'une coiffe rappelant la tenue typique des femmes de la Nouvelle-France. Elle se présente comme Madeleine de Verchères, la jeune héroïne de quatorze ans qui protégea le fort de Verchères d'une attaque des Iroquois, en 1692. J'adore cette histoire ! Mais pour l'heure, il s'agit de la construction du château.

—Le Château Frontenac fait partie d'une longue série d'hôtels de style "château" construits par les compagnies ferroviaires canadiennes à la fin du XIXe et au début du XXe siècle, afin de populariser les voyages en train, explique la jeune fille. Construit par le Canadien Pacifique, on l'a ainsi nommé en l'honneur de Louis de Buade, comte de Frontenac, qui fut gouverneur de la Nouvelle-France. Quelqu'un sait à quelle époque ?

Gino lève la main sans hésitation. Je ne suis pas surprise. Il est imbattable en histoire ! Par contre, notre guide, elle, semble plutôt étonnée.

— Tu connais la réponse ?

— Il a été gouverneur à deux reprises. De 1672 à 1682 d'abord, puis de 1689 à 1698.

— Wow ! je suis très impressionnée, jeune homme, s'exclame-t-elle en faisant un clin d'œil à mon Gino. Votre professeur d'histoire serait fier de vous ! La première phase de la construction du château a débuté en 1892, sous la gouverne de l'architecte américain Bruce Price. Nous nous trouvons juste derrière le site du château Saint-Louis, siège du pouvoir et résidence, pendant plus de deux siècles, des gouverneurs français et britanniques, dont le comte de Frontenac.

Ouf ! Elle en donne des détails et des dates ! Moi, je préfère regarder autour de moi. À l'étage où est située la terrasse Dufferin, une série de vitrines expose de la vaisselle datant de toutes les époques. On peut aussi admirer de très jolies photos anciennes de dames chaussées de patins ou de jeunes hommes occupés à jouer au curling. Vous connaissez ce sport ? D'origine écossaise, il se pratique sur la glace, avec des balais et des pierres circulaires, taillées et polies. Le but est d'approcher les pierres de granit le plus près possible d'une cible ronde appelée « la maison ». Le château est le lieu de rencontre annuelle des amateurs de ce sport, paraît-il. Je rêvasse en examinant les vitrines, mais une phrase prononcée par notre guide attire mon attention.

— C'est à cet étage qu'est d'ailleurs située l'entrée du tunnel reliant le château actuel à l'ancien château Saint-Louis.

— Hein ?

— Tu entends ça, Jules ? chuchote Gina à mon oreille. Il y a un tunnel, ici aussi.

— Génial ! m'enthousiasmé-je. Peut-on le voir, mademoiselle ?

— Malheureusement, ce n'est pas possible, répond-elle avec un clin d'œil. C'est une entrée secrète.

Si je séjournais ici, j'arriverais certainement à le découvrir, ce tunnel, comme ma mère et moi avons réussi à trouver celui qui menait hors de notre hôtel, lors de notre séjour à Barcelone[2]... ☺

On accède à l'étage des salles de réception par un double escalier, aussi majestueux que spectaculaire. Là-haut, on entre dans une immense salle de bal, éclairée par d'énormes lustres en cristal de Bohême. Wow ! Je dois me pincer tellement c'est magique ! J'imagine de belles dames du XIXe siècle, habillées de somptueuses robes de bal, en train de tourbillonner dans cette salle. J'en rêve ! Encore

---

2. Voir *Juliette à Barcelone*.

trois ans avant mon bal de graduation. Ce serait trop *hot* que ça puisse se passer iciii !

La jeune fille nous entraîne encore plus haut, jusqu'au quatrième étage. Là, une terrasse a été construite sur un bout de toit plat. Un ancien chef des cuisines du château l'a fait aménager pour y planter quelques légumes et des herbes aromatiques. Des ruches habitées par des abeilles butineuses y sont même installées !

— Quelques centaines de milliers d'abeilles habitent au château, nous apprend Madeleine de Verchères. Les clients de l'hôtel et des restaurants des environs ont la chance de pouvoir goûter leur miel sur leurs tartines, le matin.

— Les chanceux ! laisse échapper Gina, soudain l'eau à la bouche.

Elle a bien raison. J'aimerais bien revenir manger ici avec ma mère. Non, avec Gino, plutôt !

14 H 30

Après la visite du château, comme il est encore tôt, nous décidons d'aller prendre le traversier, amarré au pied du cap Diamant. Jouer les touristes dans sa propre ville, c'est trop *chill !* Je m'amuse comme une petite folle, moi, aujourd'hui. Dire que ma mère m'entraîne avec elle au bout du monde, alors qu'il y a toutes ces jolies choses à voir et à faire ici même, à deux pas de chez nous ! Pour descendre, nous prenons d'abord l'escalier Champlain, puis nous dévalons un petit bout de la côte de la Montagne et, enfin, nous empruntons l'escalier Casse-Cou, un escalier historique qui conduit au quartier Petit-Champlain et à la rue du même nom.

L'étroite rue du Petit-Champlain est réservée aux piétons. Il s'agit, paraît-il, de la plus vieille rue d'Amérique du Nord. À l'une des extrémités, une fresque en trompe-l'œil représentant la vie du quartier est dessinée sur le mur d'une maison. Wow ! Qu'est-ce que j'aimerais pouvoir dessiner comme ça !

— Un jour, moi aussi je dessinerai des fresques comme celle-ci, annonce Gina.

— Je suis certain que tu en seras capable, assure Gino.

— Moi aussi, renchéris-je.

Mon amie est tellement douée ! Moi, je peine à dessiner un igloo, mais on ne peut être bonne dans tout. Déjà que je suis championne de pêche sous la glace... ☺

14 H 45

Des commerces aux vitrines attrayantes s'étalent de part et d'autre de la petite rue. En hiver, les façades des maisons, des restaurants et des magasins de ce quartier sont certainement les plus charmantes et les plus joliment décorées de toute la ville. On se croirait presque dans un conte de fées ! Gina et moi faisons du lèche-vitrine et nous avons envie de tout. Si seulement j'avais de l'argent sur moi ! Nous passons devant des commerces de souvenirs dédiés aux touristes, mais nous nous attardons également devant des magasins de vêtements, d'accessoires de cuisine, d'objets d'art, et même des boutiques d'artisanat amérindien. Gina et moi tombons littéralement en pâmoison devant l'une d'entre elles. La plupart des objets exposés sont fabriqués en os, en bois ou en cuir. Ils sont agrémentés de perles ou de plumes. C'est si simple et en même temps si joli ! Ça ne doit pas coûter trop cher…

— T'as vu ça comme c'est beau ? s'écrie mon amie en pointant du doigt un magnifique bracelet.

— Ouais, super ! m'emballé-je.

— Allez, les filles, vous venez ? On va pas quand même pas passer la journée à regarder les vitrines ! nous presse Gino.

— Attends, je voudrais juste entrer une minute pour voir ce bracelet de cuir rouge, le prié-je.

— Ah, non ! Habillés comme on l'est, on va étouffer de chaleur à l'intérieur de cette petite boutique. Et puis tu as déjà des tas de bracelets, dont celui que je t'ai offert mardi, Jules !

— Mais c'est juste pour le voir de plus près, pas pour l'acheter. Je n'en ai que pour une minute, deux ou trois tout au plus, voyons !

— Pas question, s'obstine mon chum. Je te connais avec tes deux-trois minutes qui se transforment en heures.

Pfff ! Il est tellement de mauvaise foi que je préfère ne pas répliquer. Je ne comprendrai décidément jamais pourquoi les garçons n'aiment pas magasiner ! 😑

15 H 00

Un petit passage latéral nous mène au boulevard Champlain, où circulent les voitures. Ouf ! Ça roule rudement vite dans le coin. Nous traversons la voie avec précaution pour nous rendre au quai d'embarquement donnant accès aux traversiers. Été comme hiver, les bateaux relient Québec et Lévis à intervalles réguliers.

— On descend à Lévis se promener ou on reste à bord ? demandé-je.

— Compte tenu de l'heure, mieux vaut peut-être faire simplement l'aller-retour sans descendre, suggère Gino.

— Oui, pour s'amuser, on n'a qu'à faire semblant d'être à bord d'un véritable paquebot de croisière comme le font les gens riches et célèbres, s'excite Gina. Ce sera trop amusant !

— D'accord, approuvé-je en riant.

Elle est imbattable, ma Gina !

À l'intérieur, il fait bien chaud, mais sur le pont, le froid est mordant. Nous sortons quand même pour nous appuyer au bastingage et profiter de la vue incomparable du château et de la terrasse. D'immenses blocs de glace dérivent sur le fleuve. Il fait si froid chez nous, l'hiver, qu'il ne serait pas possible de naviguer si des brise-glace ne sillonnaient pas la voie maritime du Saint-Laurent pour casser l'épaisse couche de glace qui la recouvre. Autrement, celle-ci immobiliserait les bateaux, leurs cargaisons et leurs passagers. Un sort peu enviable. Jacques Cartier a été confronté à une situation similaire. En cours d'histoire, monsieur Cayer nous a raconté que, lors de son deuxième voyage en Amérique, en 1535, Cartier avait sous-estimé les rigueurs de l'hiver bien qu'elles lui aient été décrites par les Amérindiens. Cet hiver-là, le froid a emprisonné les navires amarrés sur la rivière Saint-Charles de la mi-novembre jusqu'à la mi-avril. Quelle horreur ! L'intérieur des bateaux où hivernaient les marins était tapissé de plusieurs centimètres de givre et il faisait si froid que même le vin gelait dans les tonneaux. Brrr ! Nous n'étions pas là, fort heureusement...

Mais, pour l'heure, le spectacle de la banquise sur le fleuve est magnifique. Avant l'invention des brise-glace, un véritable pont de glace se formait sur l'eau, reliant les rives nord et sud du Saint-Laurent, souvent à partir de la deuxième semaine de janvier. Une saison très attendue, puisqu'elle permettait notamment aux garçons et aux filles habitant de part et d'autre du fleuve, de se fréquenter, en traversant à pied. Je trouve ce pan de notre histoire TEEELLEMENT ROMANTIQUE ! Et vous ? Quand j'ai mentionné ça à ma mère, elle m'a rappelé que le chauffage central n'existait pas à cette époque et qu'il fallait se rendre à l'extérieur pour aller aux toilettes... Aucun sens du romanesque, cette femme ! 😜

Quoi qu'il en soit, quand la glace n'était pas solide et dans les endroits où le courant était trop puissant pour que la glace se forme, le canot à glace constituait l'autre moyen de traverser d'une rive à l'autre ou d'aller d'île en île. À propos de canot, nous en apercevons justement un avec cinq hommes à bord. On dirait qu'ils sont à l'entraînement. Peut-être pour la coupe des glaces, la fameuse compétition annuelle de course en canot à glace !

— Ça, c'est du sport ! s'écrie Gino.

— Maman a des amis, originaires de l'île au Canot, dans l'archipel de l'Isle-aux-Grues, qui sont devenus célèbres grâce à ce sport, dis-je.

— Tu ne parles pas des frères Lachance quand même ? interroge Gina, admirative.

— Absolument. Ma mère les connaît !

— Wow ! s'étonnent en chœur mes amis.

— Selon elle, les hommes de la famille Lachance sont presque des surhommes. Ils ont toujours bravé les glaces pour naviguer sur le fleuve, voyageant quotidiennement d'île en île, même par les temps les plus froids. Le grand-père effectuait ces périples pour aller courtiser son amoureuse qui vivait sur l'île Sainte-Marguerite, ses fils l'ont fait après lui pour assurer la traversée des personnes et des marchandises, et ses petits-fils s'y adonnent aujourd'hui juste pour le plaisir.

— De véritables surhommes, je suis d'accord avec ta mère ! se passionne Gino.

— Depuis les années 1930, ils participent chaque année à la course en canot du Carnaval qui a lieu devant Québec, début février. Ce sont peut-être même eux, à bord de ce canot ! Hé ho ! fais-je en accompagnant mon cri de grands moulinets de bras en direction du bateau.

Apparemment, les Lachance ont été les premiers à développer une technique particulière, avec un genou plié à l'intérieur du canot et l'autre jambe poussant à l'extérieur, afin de permettre à l'embarcation de se frayer un chemin plus rapidement entre l'eau et la glace. Pour ce faire, il faut parfois s'immerger le corps entier dans l'eau glacée. Les personnes qui pratiquent ce sport sont fortes, courageuses et téméraires. De nos jours, certaines équipes sont dorénavant entièrement constituées de femmes ! Le saviez-vous ? Toujours selon ma mère, le canot à glace, sport typiquement québécois, figurera bientôt au patrimoine mondial de l'UNESCO à titre de patrimoine culturel immatériel mondial[3]. Wow ! Moi, je suis drôlement impressionnée !

---

3. Vous vous demandez ce que sont l'UNESCO et le patrimoine mondial, n'est-ce pas ? ☺ Monsieur Cayer nous l'a expliqué en histoire. L'UNESCO, c'est l'Organisation des Nations unies pour l'éducation, la science et la culture. Quant au patrimoine mondial, c'est une appellation attribuée à des lieux, des biens ou des coutumes à travers le monde possédant une valeur universelle extraordinaire.

15 H 30

De retour sur la rive nord du fleuve, c'est le moment de rentrer. Pour rejoindre la terrasse, nous décidons de prendre le funiculaire. Les deux cabines vitrées montent et descendent soixante-quatre mètres à l'aide d'un système de traction électrique. En somme, il s'agit d'une sorte d'ascenseur extérieur panoramique. Ce n'est pas gratuit, bien sûr, mais Gino nous offre le passage. Youpi ! Depuis toute petite, je raffole des ascenseurs ! ☺

Notre ami propose de nous raccompagner à pied avec l'intention de redescendre ensuite chez lui par l'escalier Victoria.

— Pourquoi ne resterais-tu pas plutôt souper chez nous ? l'invite Gina. Je suis certaine que ma mère n'y trouvera rien à redire, bien au contraire. On est vendredi et elle a un 5 à 7 avec des copines de boulot. Elle rentrera peut-être tard, surtout si elle sait que je ne suis pas seule à la maison. Il y a des tortellinis au congélateur. On pourrait s'en préparer pour tous les trois.

— C'est un bon plan ! accepte Gino avec un large sourire. En arrivant chez toi, je téléphonerai à ma mère pour m'assurer qu'elle n'y voie pas d'objection.

Je ne dis rien, mais je suis certainement la plus heureuse du trio !

15 H 40

J'adore marcher dans le dédale des rues du Vieux-Québec. C'est le quartier qui stimule le plus mon imagination avec ses ruelles étroites, ses maisons historiques, son ambiance d'une autre époque… En sortant du funiculaire, nous faisons un petit détour par la rue du Trésor. Hiver comme été, les artistes peintres de la région y exposent leurs chefs-d'œuvre à vendre. Les acheteurs sont peu nombreux aujourd'hui et les artistes sautillent d'un pied sur l'autre en soufflant dans les paumes de leurs mains pour les réchauffer.

— Si l'émission *La Voix Junior* ne retient pas ma candidature et que je ne deviens pas chanteuse, je serai artiste peintre, déclare Gina.

— Même si *La Voix* ne retient pas ta candidature, tu seras chanteuse ET artiste peintre, décrété-je. L'un et l'autre ne sont pas incompatibles et ça n'empêche pas que tu puisses aussi être tout ce que tu voudras d'autre. Tu as tellement de talents, il faut les exploiter !

— Tu crois ?

— Absolument ! Je le crois aussi, confirme Gino.

Gina rougit.

— Je vous aime, mes amis, soupire-t-elle. Qu'est-ce que je ferais sans vous !

— Tu ferais dur, assuré-je en lui prenant affectueusement le bras et en éclatant de rire.

La rue du Trésor débouche dans la rue de Buade et sa jolie fontaine, juste en face de la cathédrale Notre-Dame de Québec. Nous redescendons vers la place D'Youville en passant par la côte de la Fabrique pour aller tranquillement rejoindre la rue Saint-Jean. De là, nous prévoyons prendre le métrobus, parce que nos pieds ne nous portent plus tellement nous avons marché aujourd'hui. La côte est abrupte, et les trottoirs et les rues sont glacés. En traversant, au feu de circulation du coin de la côte du Palais et de la rue Saint-Jean, nous distinguons subitement Youssef qui surgit de nulle part. Les semelles de ses bottes n'ont aucune adhérence sur la glace et le pauvre semble avoir de la peine à se tenir en équilibre. Il est encore et toujours seul. Je me demande bien d'où il vient. De l'hôpital ? Non, ça n'a pas de sens... En face de lui, j'aperçois une superbe Chevrolet Suburban aux vitres teintées qui remonte la rue Saint-Jean. Le genre de voiture qui emmène les célébrités au

Château Frontenac. Vous voyez ce que je veux dire ? Serait-ce Marie-Mai ? Taylor Swift ? Gino n'a pas vu la voiture parce qu'au lieu de commenter, il se met en travers du chemin de Youssef.

— Cette fois-ci, je compte bien réussir à lui parler ! s'écrie-t-il en levant le bras devant le garçon, la paume de la main en l'air, comme pour proposer un *high five*. Hé, Youssef ! Salut, vieux !

— Yo, Gino ! le salue le garçon qui lève à peine les yeux deux secondes avant de les baisser de nouveau. Je suis pressé, désolé.

— Comme d'habitude, je sais, rétorque Gino, d'un ton légèrement irrité. Attends, tu arrives d'où comme ça, hein ?

— J'ai pas le temps, je te dis ! On jasera une autre fois, vieux, élude Youssef, je dois vraim…

La fin de la phrase de Youssef reste en suspens. Un cri d'effroi retentit quelque part, secouant l'indolence des quelques promeneurs qui pressent le pas pour rejoindre au plus vite le trottoir.

— AAAAAHHH !

Plus tard, en me remémorant cet instant, je me rendrai compte que c'est moi qui ai poussé ce cri. Tout s'est passé si vite qu'on se serait cru dans un rêve. Un très mauvais rêve. En tentant d'éviter Gino, Youssef est descendu du trottoir en sautant de côté sans regarder. Bien trop vite et surtout trop tard pour donner au chauffeur de la rutilante Suburban le temps de freiner à temps. Le bruit de la collision entre le véhicule et le pauvre garçon a été terrible ! J'entends un effroyable craquement d'os, un abominable cri de souffrance, puis des hurlements affolés. Youssef est étendu sur le sol, se tordant de douleur. Je vois beaucoup de sang et mon cœur cogne si fort dans ma poitrine que j'ai l'impression que celle-ci risque d'exploser. Ma vue se brouille. À mes côtés, Gina s'est transformée en statue de sel. Mon chum est le premier à réagir.

— Vite, il faut une ambulance ! Appelez aussi la police ! Il faut arrêter ce véhicule ! laisse échapper Gino, galvanisé par l'horreur de la situation.

Eberlués, nous prenons conscience qu'effectivement, non seulement la voiture fautive n'a pas freiné, mais qu'elle semble au contraire accélérer pour quitter les lieux au plus vite. Gino pointe un doigt accusateur en direction des fuyards. L'espace d'une seconde, la pensée que l'accident puisse être un règlement de comptes effleure mon esprit. Après tout, nous n'avons toujours pas pu écarter l'hypothèse que Youssef participe à des actions potentiellement illégales. *OMG !* Si c'est ça, c'est trop affreux. Youssef est si jeune ! Non, non, non, j'ai sans doute trop d'imagination…

— Il faut les POUR-SUI-VRE, hurle maintenant Gino à pleins poumons. Quelqu'un a pu noter le numéro de la plaque d'immatriculation ? lance-t-il à la ronde.

Personne ne répond. Tous sont sous le choc. Contre toute attente, un taxi ralentit à notre hauteur. Gino saute à bord sans réfléchir et, à ma grande stupéfaction, intime au chauffeur d'un ton sans réplique :

— Vite ! Suivez cette voiture !

— Ça fait des années que j'espère qu'on me donne cet ordre un jour ! se réjouit le chauffeur du taxi, avant de redémarrer sur les chapeaux de roues sans même songer à activer son taximètre.

15 H 43

Autour de moi, c'est le chaos, mais je retrouve peu à peu mon sang-froid. JE DOIS ME REPRENDRE et agir, moi aussi, puisque Gino, lui, n'a pas hésité à se lancer à la poursuite des malotrus.

— Quelqu'un a un téléphone ? Il faut alerter la police ! dicté-je, convaincue de la pertinence de mon intervention.

— Je viens de les appeler, signale un jeune homme qui s'est arrêté avec sa copine pour venir en aide au blessé.

La jeune femme et lui sont déjà penchés sur Youssef.

— Comment va-t-il ? m'inquiété-je en m'agenouillant à mon tour.

— Sa jambe semble salement fracturée, répond le jeune homme. J'ai aussi demandé une ambulance. Heureusement, l'Hôtel-Dieu est tout près.

— Oui, heureusement, confirmé-je, avec une pensée pour ma mère que je ne suis pas passée voir et à qui je n'ai pas téléphoné depuis mercredi.

— J'ai mal, gémit le blessé avec l'air de s'excuser, les yeux brillants de larmes contenues.

Il a l'air si mal en point et si fragile que je fonds littéralement de compassion. Le pauvre garçon ! Son pantalon kaki est déchiré et je vois poindre l'os de son genou par la déchirure. Un moment, ma tête tourne. J'ai peur de m'évanouir, mais je détourne le regard et… Aaarrrh ! Beurp ! Je vomis un bon coup sur la glace qui recouvre l'asphalte.

— Vous allez bien ? m'interroge avec anxiété la jeune femme qui est au chevet de Youssef.

Misère ! C'est à moi qu'elle demande ça…

15 H 45

Dans le taxi, comme il me le racontera plus tard, Gino traverse les heures les plus intenses de sa courte vie. Le véhicule en fuite a quitté la rue Saint-Jean pour tourner à droite et s'engager dans la petite rue Pierre-Olivier-Chauveau.

— Les culs-de-sac ne manquent pas dans ce coin, remarque le chauffeur. On n'aura pas trop de mal à les rattraper, je crois, surtout s'il s'agit de touristes.

En maintenant le volant d'une main, l'homme appuie avec le pouce de l'autre sur le bouton du micro de l'appareil lui permettant de contacter la centrale téléphonique de sa compagnie de taxi.

— S'il vous plaît, appelez tout de suite la police. Vite ! J'ai besoin de renfort. Je viens d'être témoin d'un délit de fuite avec blessé, et je me suis mis à la poursuite des fuyards.

— Où vous trouvez-vous ? se renseigne une voix féminine.

— Rue Pierre-Olivier-Chauveau, dans le Vieux-Québec. La voiture devant moi vient de tourner à droite dans la rue Sainte-Anne. Je répète, elle vient de s'engager dans le sens interdit d'une rue à sens unique, la rue Sainte-Anne. Cette rue ne débouche que sur la rue des Jardins, elle aussi à sens unique. Le conducteur me semble hautement dangereux. Il faut rapidement lui barrer la voie. Les issues du Vieux-Québec doivent être bloquées le plus vite possible !

—Je transmets immédiatement ces informations à la police. Ils ne vont certainement pas tarder, annonce la voix.

« Je l'espère bien », songe alors Gino, tout en s'agrippant fermement à la poignée de la portière. Ce n'est pas que cette poursuite ne l'amuse pas, mais il préférerait quand même revenir sur les lieux de l'accident pour nous prêter main forte, à Gina et à moi. Et puis, il aimerait aussi savoir comment va Youssef. Et si cet accident n'était pas un accident mais un règlement de comptes ? Le visage de mon amoureux se rembrunit. Ça n'a aucun bon sens : Youssef a à peine quatorze ans ! Quelle histoire !

15 H 46

(JE DOIS ME REPRENDRE, prise 2.) Une fois ma nausée soulagée, je tente de me remémorer les notions de secourisme que j'ai apprises lorsque j'ai suivi mon cours de gardienne avertie. Le blessé respire-t-il normalement ? Il me semble que oui puisque sa poitrine se soulève. Son cœur bat-il ? Encore une fois, j'imagine que oui... puisqu'il bouge. Est-il conscient ? Il parle, en tout cas ! Que dit-il ? Euh... Pour le savoir, je dois me pencher plus près et tendre l'oreille parce que sa voix est très faible.

— Aidez-moi, s'il vous plaît. Il faut que je rentre au plus vite.

Pauvre gars ! Il ne sait pas à quel point sa blessure est grave. Consternée, je réponds avec douceur, mais fermeté :

— Pas question de rentrer où que ce soit, Youssef. Les secours ne vont pas tarder. On va te conduire à l'hôpital qui est juste à côté et te soigner, mais il faut d'abord immobiliser ta jambe accidentée.

— Je ne veux pas aller à l'hôpital, s'oppose-t-il en tentant de se relever, je dois partir d'ici. On m'attend. Aide-moi, toi, je t'en prie !

— Tiens-toi tranquille, ordonné-je en posant ma main sur son maigre thorax pour le repousser vers le sol.

Oh là là ! Non seulement l'idée qu'il pense à se mettre debout avec la jambe dans cet état me bouleverse, mais je suis persuadée que mon estomac ne tiendrait pas le coup, encore une fois.

— Tu ne comprends pas, Juliette. Yazid, Aziz, Torkia et Tarek comptent sur moi !

— Eh ben, ils attendront ! Reste allongé, et tais-toi, s'il te plaît.

Je sens la colère gronder en moi. Qui sont donc ces gens qui inspirent tellement de crainte à Youssef qu'il se sente obligé d'aller les retrouver, malgré la douleur et la gravité de ses blessures ? C'est ridicule ! Ils ont de drôles de noms en tout cas. Le blessé me fait trop pitié.

À côté de moi, Gina ne le quitte pas des yeux, la larme à l'œil. Elle a l'air épuisée et en état de choc. La pauvre !

— C'est ter-ter-teriiible ce qui, ce qui s'est paaassé, bégaie-t-elle. Ces gens qui se sont enfuis sont tellement af-af-affreux. Un-un garçon si mignon, hein, Jules ?

Pour la première fois depuis son arrivée en novembre, je prends le temps d'examiner le visage de Youssef avec attention. C'est vrai qu'il est plutôt beau quand on le regarde comme il faut. Il a une jolie bouche bien dessinée et de grands yeux doux, mais il est si maigre qu'on a l'impression qu'il n'a que la peau et les os. Une vague de compassion me submerge. Qui que soient les hommes qui le contraignent à faire ce qu'il fait, c'est-à-dire je ne sais ni quoi ni pourquoi, il faut que mes amis et moi mettions fin à tout ça ! 😠 Je prends Gina par les épaules et l'attire contre moi.

— Tu as froid ? Viens-là, serre-toi contre moi.

15 H 49

Pendant ce temps, le taxi poursuit sa course folle dans les rues du Vieux-Québec, me racontera encore Gino. Le véhicule des fuyards a tourné à droite dans la rue des Jardins (qui est en sens unique vers la gauche), puis à gauche dans la rue Saint-Louis. Gino est pâle et des sueurs froides coulent dans son dos, mais il tient bon.

— S'ils prennent la côte de la Montagne à droite, puis la rue Dalhousie, nous risquons de les perdre sur le boulevard Champlain ! s'énerve le chauffeur. Vivement que les policiers viennent nous aider !

De nouveau, l'homme contacte la répartitrice de la compagnie de taxi.

— Vite, je crains que les fuyards ne rejoignent le boulevard Champlain en direction des ponts vers la Rive-Sud !

— Avez-vous pu relever le numéro de la plaque d'immatriculation du véhicule ?

— Pas vraiment, avoue-t-il. Le numéro est en partie caché par la neige collante, mais les trois dernières lettres sont BLT. Je répète, le numéro de la plaque se termine par BLT. Il s'agit d'une Chevrolet Suburban de couleur noire. Les vitres sont teintées et je n'ai pas la moindre idée du nombre de passagers à bord ! Nous nous engageons dans la côte de la Montagne.

— *OMG !* rugit Gino, en s'agrippant de plus belle.

Très pentue, la côte de la Montagne est aussi tout en courbes. Ce n'est vraiment pas l'endroit idéal pour s'engager à toute allure dans une poursuite effrénée. Mon chum s'accroche si fort à la poignée de la portière que les jointures de ses mains en blanchissent.

15 H 50

Les ambulanciers arrivent en même temps que les policiers. Pendant que les premiers se penchent sur le blessé, les seconds questionnent Gina et le jeune couple qui les a alertés.

— C'é-c'était une, une voiture é-é-énorme ! hoquète ma pauvre amie à l'intention du policier penché sur elle. Une, une, une voi-tu-ture haute comme ça.

Elle joint le geste à la parole, impuissante à donner d'autres détails.

— Un véhicule utilitaire sport, précisé-je. Une Suburban, à ce qu'il me semble. Elle était toute noire avec des vitres teintées, ce qui m'a fait penser qu'il y avait sans doute une ou même plusieurs célébrités à bord. Vous savez, il y a très souvent des vedettes en balade dans ce quartier. Je le sais parce que je regarde le *Téléjournal* avec ma mère. Mais je ne crois pas que ce soit Marie-Mai parce qu'elle aurait certainement exigé du chauffeur qu'il s'arrête pour secourir Youssef. Elle est gentille, Marie-Mai. Je ne la connais pas personnellement, mais je l'ai déjà vue en spectacle au Capitole de Québec, qui est juste par là-bas, et elle passe très souvent à la télé. Elle est formidable et elle chante teeellement bien. Vous la connaissez ?

— Non, lâche laconiquement le policier. Dites-moi, mesdemoiselles, connaissez-vous ce garçon ?

— Nous le connaissons, oui, répondons-nous en chœur.

— Il, il, il est dans notre école, continue Gina, qui semble quand même reprendre du poil de la bête.

— Il n'a pas de papiers sur lui, juste deux cartes magnétiques non identifiées, rétorque l'agent. Connaissez-vous le numéro de téléphone de ses parents ?

Gina et moi échangeons un regard de connivence. Pas question de nous confier aux policiers en l'absence de Gino.

— Non, répliqué-je. Nous ne connaissons ni son numéro ni son adresse. Il faut le lui demander.

Penchés sur Youssef, les policiers tâchent de le questionner, mais le garçon, l'air souffrant, a les yeux clos et se tient coi. Plus un son ne sort de sa bouche. Il laisse à peine échapper une sourde plainte lorsque les ambulanciers le soulèvent pour l'installer sur le brancard, après avoir immobilisé sa jambe à l'aide d'une attelle. (Ayoye, je suis heureuse de ne pas être à sa place, mais quel scoop ça sera quand je raconterai cette aventure à nos camarades de classe, lundi !)

— Le pauvre gamin a sans doute trop mal pour répondre à nos questions, déclare le premier policier.

— Ou il ne parle pas notre langue, renchérit le second. Il est étranger, visiblement. Les petites se sont peut-être trompées en disant qu'il fréquente leur école.

Certaines que nous pourrons élucider le mystère en temps et lieu, nous ne songeons même pas à les détromper. Lorsque Gino sera de retour, il parlera à Youssef. En attendant, nous nous proposons pour accompagner le blessé à l'Hôtel-Dieu.

— C'est là que nous allions de toute façon, mens-je, puisque ma mère nous y attend…

15 H 51

Au moment où la Chevrolet Suburban débouche sur le boulevard Champlain, avec l'intention probable de se diriger vers les ponts, le taxi toujours à ses trousses, une demi-douzaine de voitures de police surgissent en faisant hurler leurs sirènes, nous racontera plus tard Gino (qui est assurément mon héros !). Il en arrive autant de la droite que de la gauche. Dans une ultime tentative de fuite, le véhicule fautif brûle le feu rouge et s'engage à gauche, rue des Traversiers, qui mène au bateau que nous avons pris plus tôt dans l'après-midi. Il s'agit d'un cul-de-sac! À moins de vouloir se jeter à l'eau avec leur voiture, les passagers n'ont d'autre choix que de s'immobiliser. Une dizaine de policiers ne tardent pas à bondir hors de leurs propres bolides, armes au poing.

— Sortez immédiatement, les mains derrière la tête! ordonnent-ils.

Le suspense dure quelques secondes puis, à la surprise de Gino, trois personnes descendent promptement de la Chevrolet. Le chauffeur, une femme blonde d'une trentaine d'années chaussée de bottes cuissardes à talons vertigineux et vêtue d'un court manteau de fourrure blanche, est manifestement en état d'ébriété. Elle accompagne un couple habillé de façon tout aussi voyante qui semble également soûl. Ce sont tous de parfaits inconnus...

16 H 10

Après les formalités d'usage, et une fois que notre ami a répondu à toutes les questions des policiers, l'un d'eux lui propose de le déposer à l'hôpital où je savais qu'il penserait à venir nous retrouver. Mon chum accepte avec reconnaissance et, arrivé dans le stationnement de l'urgence, il remercie poliment l'officier de son amabilité avant de s'engouffrer dans la salle d'attente.

— Gino ! Te revoilà enfin, glapissé-je d'une voix aiguë en me levant d'un bond pour me jeter à son cou. Comment s'est terminée ta poursuite en taxi ? Tu m'as fait une de ces peurs !

— Oui, c'était vraiment malade ! confirme Gina, aussi excitée que moi. Avez-vous réussi à rattraper les coupables ? As-tu pu voir qui c'était ?

— Jules, Gina ! Que je suis content de vous retrouver !

Le franc sourire de Gino fait plaisir à voir. Je suis si heureuse qu'il soit sain et sauf. J'avoue que je commençais à me ronger les sangs à son sujet. Dans la vie réelle, les poursuites en voiture se terminent rarement aussi bien que dans les films d'action. Comme si nous ne nous étions pas vus depuis plusieurs jours, mon chum me serre très fort contre lui avant d'expliquer :

— Tout s'est bien passé. Le chauffeur de taxi a alerté les policiers et les fuyards ont été arrêtés sur le boulevard Champlain.

— C'était qui ? demandé-je.

— De parfaits inconnus ; je suis désolé de te décevoir.

— C'est pas vrai ? insisté-je. Même pas des cascadeurs de films américains ?

— Je te jure. Il s'agissait de deux femmes et d'un homme dont le visage ne me disait absolument rien.

— Oh ! m'exclamé-je, dépitée.

— Pour le moment, il n'est pas non plus possible d'établir un lien entre ces gens et Youssef. Quelles sont les nouvelles de votre côté ? Comment va-t-il ?

— Le gardien ne nous a pas laissées rester plus de cinq minutes près de lui, indiqué-je. En fait, on n'a le droit de le voir que cinq minutes toutes les heures parce qu'il y a foule sur les civières de l'autre côté.

— Mais quand les ambulanciers sont arrivés, ils nous ont fait monter avec eux pour l'accompagner jusqu'ici parce que nous étions les seules personnes qui le connaissaient dans les alentours et qu'il n'avait aucun papier sur lui au moment de l'accident, explique Gina qui, une fois réchauffée et calmée, est tout à fait redevenue elle-même.

— En entrant ici, on nous a demandé d'enregistrer Youssef, continué-je, mais on n'avait presque aucune réponse à leurs questions. C'est trop bête ! Ils ont voulu connaître nos noms et il paraît qu'ils vont nous appeler s'il y a du nouveau et qu'on est encore ici. Ils nous ont aussi dit que sa fracture semblait vraiment mauvaise, mais que sa vie n'était pas en danger.

— Youssef vous a parlé pendant que vous étiez avec lui ? Lui avez-vous posé des questions ?

— On lui a demandé si on pouvait avertir quelqu'un, rapporte Gina. Il a répondu que c'était inutile et qu'il fallait juste qu'il sorte d'ici le plus rapidement possible. C'est quand même trop bizarre cette histoire !

Comme d'habitude quand il est perplexe, Gino enlève sa tuque et se gratte le haut du crâne.

— Ouais, je suis d'accord. C'est vraiment bizarre. Jules, je suggère qu'on monte voir ta mère, puisqu'il nous faut de toute façon attendre une heure avant de revoir Youssef. Si ses parents ne viennent pas à son chevet, ça veut dire qu'il n'y a que nous qui puissions faire quelque chose pour lui. À 17 h, nous reviendrons et essaierons de nouveau d'en savoir plus et de lui offrir notre aide. Qu'en pensez-vous ?

— Tu as raison, approuvé-je, c'est une bonne idée et certainement la meilleure chose à faire.

— Je suis d'accord aussi, se rallie Gina.

16 H 25

En poussant la porte de la chambre, je me sens super mal. Je l'ai véritablement négligée depuis qu'elle est ici et, constatant l'apparente solitude de Youssef, je suis à même de mesurer la chance que j'ai d'avoir une mère non seulement présente et aimante, mais aussi… bien en vie. Maman !

Je la cherche des yeux mais, comme la dernière fois, je ne la vois pas. Personne n'occupe le lit près de la fenêtre. Absolument rien ni personne en fait. Les draps, les couvertures et les oreillers ont été enlevés et le matelas est à nu. Qu'est-ce que ça signifie ? Dans le lit du milieu, gît une très belle dame à la peau noire. Ses yeux sont fermés et elle respire sous une tente à oxygène. Elle semble très mal en point. Je sens la panique me gagner. Sur le lit près de la porte, la petite vieille édentée et échevelée de l'autre soir est toujours là, le regard encore plus hagard que la dernière fois. Mais où est donc est passée ma maman ?

— Où est ma mère ? soufflé-je à la vieille femme.

Elle pose son regard sur moi, mais ne paraît pas comprendre et reste muette. La main de Gino s'empare délicatement de la mienne.

— Allons nous renseigner au poste des infirmières, me glisse-t-il à l'oreille d'une voix douce. Elle a probablement simplement changé de chambre. Il y a certainement une explication tout ce qu'il y a de plus simple à ça. Viens.

Hébétée, je me laisse entraîner sans mot dire. Gina nous suit. Je devine qu'elle s'inquiète presque autant que moi.

16 H 35

— Marianne Bérubé ? Non, ça ne me dit rien. Elle était dans la chambre 505, cette semaine ? Laissez-moi jeter un coup d'œil à nos fichiers, réclame l'infirmière de garde à qui s'est adressé Gino.

Je sens des sueurs froides me couler dans le cou et le dos...

— Ah ! Voilà. Mariam... Al Soudais.

— Non, vous vous trompez. Pas Mariam Al Sou-quelque chose, mais Marianne Bérubé, martèle Gina, qui semble aussi se laisser gagner par la nervosité.

— Oh ! Bérubé ? Excusez-moi. Voilà, je l'ai trouvée. Elle a été transférée ce matin au troisième étage. Elle va mieux et il n'était plus nécessaire de la garder aux soins intensifs, explique l'infirmière. Je suis désolée de la confusion. Il passe tellement de monde ici !

— Quelle chambre ? s'enquiert Gino.

— Prenez l'ascenseur, juste ici, descendez au troisième et demandez son numéro de chambre au poste d'infirmières que vous verrez en sortant.

— Merci.

16 H 40

— Maman ! (Prise deux.)

— Juliette, ma poussinette ! Les enfants, venez ! Que je suis heureuse de vous voir !

Pour mon plus grand bonheur, ma mère a l'air de se porter beaucoup mieux que la dernière fois ! Elle sourit et son visage a repris des couleurs.

— Tu as encore mal, m'man ?

— Presque plus du tout, Juliettounette. Viens là que je te serre dans mes bras !

En me pressant tout contre elle, les larmes lui montent aux yeux. J'avoue que les miens sont humides aussi. Elle m'a manqué beaucoup plus que je ne n'ai osé me l'avouer, mais il n'est pas nécessaire de le montrer. J'ai treize ans, pas trois. Me libérant de son étreinte, je l'interroge :

— Tu penses sortir quand ?

— Probablement dimanche, si mon médecin est d'accord. Je prends des forces tellement vite que je ne crois pas qu'il s'y opposera.

— Je suis contente, laissé-je échapper.

— Vous nous avez fait une de ces peurs quand on ne vous a pas trouvée dans votre ancienne chambre ! confie Gina.

— Oh ! On ne m'a déplacée que ce matin. Je suis désolée de vous avoir inquiétés.

— Il y avait une nouvelle personne dans la chambre, dans le lit juste à côté de du tien.

— Oui, Mariam, confirme maman. La pauvre se fait énormément de souci pour ses enfants. Elle souffre d'une mauvaise pneumonie, et elle a attendu très longtemps avant de consulter parce qu'elle ne voulait pas les laisser seuls à la maison. Mais son état n'a fait que se dégrader depuis son arrivée à l'hôpital. J'espère qu'elle va s'en sortir. Ses enfants et elle sont arrivés très récemment au Québec et ils ont du mal à s'adapter. La pauvre femme doit faire des ménages pour nourrir sa famille, vous vous rendez compte ? Son mari n'a malheureusement pas pu les suivre, ce qui amplifie encore les difficultés.

— Oh ! m'apitoyé-je, me sentant impuissante à trouver quelque chose de mieux à déclarer. Quelle triste histoire !

— Comment avez-vous dit qu'elle s'appelait ? intervient Gino, en fronçant les sourcils.

Quelle drôle de question ! Je me demande en quoi ça peut bien intéresser mon chum.

— Je ne suis plus certaine, répond gentiment maman, Mariam Al Soudam ou quelque chose du genre. Elle est originaire d'Afrique.

— Et elle vous a parlé de ses enfants ? Elle en a combien ?

Décidément, il est toqué. Qu'est-ce qui lui prend ?

— Elle a un fils de treize ou quatorze ans, dont j'ai oublié le nom, et trois garçons plus jeunes, en plus d'une petite fille prénommée Torkia. J'ai retenu le nom de la gamine parce que je l'ai trouvé joli et que, moi aussi, j'ai une seule fille.

Maman finit sa phrase en me souriant avec tendresse.

— Je comprends, assure Gino.

Je me demande bien ce qu'il peut comprendre…

— Quelle belle surprise vous me faites là, mes enfants ! Vous étiez dans le coin ?

— On a passé une de ces journées folles, commence Gina. Aïe !

Elle ne va pas plus loin dans le récit de nos aventures parce que je viens de lui flanquer un coup de pied sous le lit. Pas question de tourmenter maman avec les péripéties de cet après-midi !

— En quoi était-elle folle, cette journée ? Vous n'étiez pas à l'école ? se tracasse-t-elle quand même.

— On était en journée pédagogique aujourd'hui, expliqué-je. Comme Ginette devait travailler, on est allés glisser sur la terrasse Dufferin et on a fait une visite guidée du Château Frontenac. C'était trop génial ! m'empressé-je de préciser.

— Oui, c'était vraiment cool ! renchérit Gino avec un sourire rassurant.

— Je suis contente que vous vous amusiez, mes enfants. Surtout, ne te fais pas de souci, ma poussinette. Tout va bien aller, maintenant.

Elle a certainement raison, tout va bien se passer. Mais, pour l'heure, il nous faut songer à retourner à l'urgence pour voir ce qu'il advient de Youssef. Ça tombe bien, les préposés aux bénéficiaires commencent à distribuer les plateaux-repas. Un coup d'œil sous la cloche protégeant l'assiette de ma mère me révèle qu'il s'agit de foie de veau accompagné de choux de Bruxelles. Beurk ! 😛 Je souhaite de tout mon cœur n'avoir jamais à séjourner dans un hôpital ! Avant de la quitter, je serre très fort ma mère dans mes bras.

— Je t'aime, m'man.

— Je t'aime très fort aussi, pucette.

17 H 15

À l'urgence, nous nous dirigeons directement vers la civière où est étendu Youssef. Le gardien nous laisse passer d'un signe de tête, après nous avoir demandé qui nous venions voir.

Le garçon est toujours étendu sur le dos, pâle et immobile, les yeux clos. À notre approche, pourtant, il ouvre péniblement les paupières.

— Salut, vieux, dit doucement Gino.

— Salut, répond Youssef d'une voix à peine audible.

— Pouvons-nous avertir quelqu'un de ta présence ici ? poursuit Gino.

— Ma mère n'est pas à la maison et il n'y a personne d'autre à avertir. Je dois seulement sortir d'ici le plus tôt possible, s'entête-t-il.

— Mais pourquoi ? ne puis-je m'empêcher de laisser échapper.

Il ne répond pas. Il est sur le point de refermer les yeux lorsque le médecin entre.

— Rebonjour, Youssef. Je suis venu te prévenir qu'on va venir te chercher d'ici une minute pour t'emmener en salle d'opération. Il faut réduire ta fracture.

— Mais puisque je vous dis qu'on m'attend et que je dois partir d'ici au plus vite, s'obstine le patient, sur un ton maintenant désespéré.

Le pauvre ! J'éprouve beaucoup de chagrin pour lui. À voir les visages de Gina et Gino, ils ressentent la même chose.

— Est-ce qu'on peut faire quelque chose pour toi ou à ta place ? persévère Gino. On ne cherche qu'à te rendre service, crois-moi.

Youssef semble réfléchir, comme si l'idée d'avoir recours à notre bonne volonté faisait lentement son chemin dans son esprit. Il se demande sans doute s'il peut se fier à nous. Le suspense dure près d'une minute, puis l'expression de son visage change. Il a pris sa décision.

— Il faut que vous alliez trouver Yazid, Aziz, Torkia et Tarek. Ils m'attendent et ça va barder si je ne rentre pas bientôt. Ils ne sauront pas se débrouiller longtemps sans moi.

— Donne-nous simplement l'adresse, on s'en occupe, affirme Gino d'un ton rassurant. Tu peux nous faire confiance.

— C'est le 456, rue Kirouac, dans le quartier Saint-Sauveur, chuchote-t-il avec une grimace. Tu vois où c'est ? Aïe, ça fait vraiment mal !

La douleur le submerge. Des gouttes de sueur perlent sur son front et sous son nez, et il a de la difficulté à parler.

— Je vois très bien où est la rue Kirouac, le tranquillise Gino. Je n'habite pas très loin. Tu as besoin d'autre chose ? Tu veux qu'une des filles reste ici pour être à tes côtés quand tu te réveilleras après l'opération ?

— Occupez-vous simplement de mes frè…

Il ne termine pas sa phrase, terrassé par la souffrance. Deux brancardiers sont là, prêts à l'emmener en salle d'opération. Nous n'avons plus rien à faire ici.

— Il allait dire "mes frères", remarque Gina, lorsque nous tournons les talons. C'est bizarre, non ?

— Quand je me suis penchée sur lui, dans la rue cet après-midi, rétorqué-je, il a expliqué qu'il devait aller retrouver des gars aux étranges prénoms. J'imagine qu'il s'agit de ses partenaires ou de ses complices, et que ce sont eux qu'il appelle ses "frères". Je ne suis pas certaine que ce soit bien prudent de nous rendre là-bas tout seuls. On n'est toujours pas certains qu'il ne s'agit pas d'une bande de malfaiteurs…

— Faites-moi confiance les filles, nous arrête Gino. Si mon intuition ne me trompe pas, il n'y a aucune raison d'avoir peur d'y aller ensemble tous les trois. Venez !

17 H 55

Gina et moi attendons sur le trottoir pendant que Gino, n'écoutant que son courage (n'est-ce pas qu'il est courageux, mon Gino ?), frappe discrètement à la porte du 456, rue Kirouac. La maison ne paie pas de mine. C'est la plus mal en point de la rue... Il s'agit d'un duplex et le numéro 456 correspond au rez-de-chaussée. Un frisson me parcourt l'échine. La brique s'effrite ça et là, et l'un des carreaux de la grande fenêtre donnant sur la rue est manquant. Il a été remplacé par un bout de carton ! Il doit faire un froid de canard dans cet appartement. Brrr... J'ai l'impression d'entendre des cris à l'intérieur.

— On dirait les pleurs d'un bébé, marmonne Gina.

Elle n'a que trop raison. Tout porte à croire qu'un bébé est enfermé dans ce repaire. Ça, c'est trop fort !

La porte s'ouvre sur... une petite fille à la peau noire âgée d'environ huit ans, l'air effrayée, avec un bébé hurlant dans les bras.

— Bonjour, ma petite, la salue doucement Gino. N'aie pas peur. Nous venons pour t'aider. Comment t'appelles-tu ?

— Je m'appelle Torkia, répond docilement la fillette, dont la chevelure crépue est soigneusement nattée.

— Ta maman ou ton papa sont à la maison ? poursuit mon chum.

— Non. Mon père n'habite pas ici et maman est en voyage.

La fillette met la main devant sa bouche et baisse la tête, sans doute apeurée par l'idée d'avoir divulgué une information qui aurait dû rester secrète.

— Il n'y a personne pour s'occuper de toi et du bébé ? intervient Gina qui a franchi d'un bond les quatre marches séparant le trottoir de la maison.

— Il y a mon frère Youssef. Il ne devrait pas tarder à rentrer de son travail, laisse encore échapper l'enfant.

— Qui êtes-vous ? Vous êtes des amis de Youssef ? demande un petit garçon âgé d'environ cinq ans, qui vient tout juste de surgir derrière sa grande sœur, accompagné d'un bambin qui ne doit pas avoir plus de trois ans.

J'ai les jambes sciées ! Le nez des deux petits garçons coule autant que la sève des érables à sucre en avril. Ils sont habillés d'un pantalon de jogging et d'un chandail en coton ouaté. Tous deux ont le capuchon de leur vêtement rabattu sur leurs yeux. Ils sont adorables et c'est fou ce qu'ils me font penser à... Youssef. De véritables copies en miniature !

— Ce sont les frères et la petite sœur de Youssef ! s'écrie Gina, qui vient elle aussi de comprendre.

Les partenaires de crime qu'il souhaitait retrouver le plus rapidement possible ne sont autres que ses petits frères et sa petite sœur.

18 H 15

Installés dans la cuisine de l'appartement où vivent Youssef et sa famille, Gina, Gino et moi tenons un important conciliabule. Comment allons-nous pouvoir aider ces malheureux enfants ?

— Il fait froid et cet appartement ne convient pas du tout à des petits livrés à eux-mêmes, prétends-je, en berçant doucement le bébé qui s'est endormi dans mes bras. (Je sais, j'ai l'tour ☺!)

— Si on compose le 911 pour appeler les secours, les pauvres enfants risquent de se retrouver en famille d'accueil ou en tout cas d'être séparés, poursuit Gino, attristé.

— Je pense que ma mère ne verrait pas d'inconvénient à ce qu'on prenne la fillette chez nous pendant le week-end, avance Gina.

Je la regarde avec surprise. Je ne suis pas la seule. La petite Torkia ne la quitte pas des yeux et ce que j'y lis ressemble tout à fait à de l'adoration. Il semble que ça ait été le coup de foudre entre ces deux-là, parce que Gina a paru littéralement fondre comme un iceberg expédié dans le désert du Colorado lorsque la fillette lui a pris la main pour l'inviter à entrer.

— On ne peut pas rester là sans rien faire, s'indigne Gino, un petit garçon assis sur chacun de ses genoux. Il faut que je téléphone à ma mère. Elle saura quoi faire !

— On n'a pas le téléphone, je suis désolée, s'excuse Torkia.

— Ce n'est pas grave, ma puce, affirme Gino en déposant les deux garçonnets pour pouvoir se lever. Je vais aller demander la permission de téléphoner à l'épicerie du coin. Je connais les propriétaires. Ils sont sympathiques.

18 H 25

Moins de dix minutes plus tard, Gino est de retour, la mine triomphante.

— Ma mère s'en vient, annonce-t-il simplement en reprenant les deux garçons dans ses bras.

L'arrivée de la mère de Gino un instant après laisse entrevoir un début de solution.

— Oh ! les adorables *niños*[4] ! s'exclame-t-elle en s'agenouillant pour prendre à son tour les petits garçons dans ses bras.

4. « Enfants », en espagnol.

Son amour des enfants est si manifeste que ceux-ci se sentent immédiatement à l'aise et ne se font pas prier pour se serrer bien fort contre elle. Soudain, l'atmosphère de la maison n'est plus si triste. Il y a une maman à bord!

— Voilà ce que nous allons faire, décrète-t-elle en se relevant. Gino, j'ai parlé à ton père et il est d'accord pour que nous prenions les deux garçons ainsi que le bébé avec nous pendant quelques jours.

Elle se tourne vers Gina en souriant.

— Mon fils m'a dit que ta maman acceptera peut-être de s'occuper de la fillette? Veux-tu que je le lui demande moi-même? Je sais me montrer très persuasive, tu sais.

— Bonne idée! accepte mon amie, soulagée à l'idée de laisser la mère de Gino prendre les choses en main.

— J'étais sûr que maman saurait quoi faire, laisse échapper mon chum.

Je suis d'accord avec lui. Les mères savent toujours quoi faire. La mienne aussi d'ailleurs...

21 H 30

La petite Torkia couchée entre nous deux, Gina et moi tombons de sommeil. Quelle journée et quel dénouement, surtout ! Bien que mes paupières s'alourdissent, les idées tourbillonnent dans ma tête et je ressens le besoin de me repasser le fil des événements : la glissade, la visite du château, notre excursion sur le traversier vers Lévis, notre rencontre avec Youssef, l'accident, la fuite du véhicule fautif, notre visite à l'hôpital et la soirée de sauvetage des petits frères et de la sœur de Youssef qui l'attendaient en vain. Ouf ! La fillette s'est endormie à peine la tête sur l'oreiller, mon éléphanteau dans les bras (je savais que j'avais bien fait de l'emporter avec moi ! ☺). Elle est si mignonne. Moi qui n'ai pas eu de frère ou de sœur, ces petits me font littéralement craquer.

Est-il possible que Youssef ait réellement trempé dans des affaires louches ? Torkia nous a dit que son frère n'était toujours pas rentré du travail. De quel travail parlait-elle donc ? Gina et moi n'avons pas voulu l'effaroucher en la questionnant davantage. Nous lui avons appris que Youssef avait eu un petit accident sans gravité et qu'il rentrerait sans doute à la maison d'ici quelques jours. Espérons que ce soit vraiment le cas ! Gina, Gino et moi retournerons sans doute à l'hôpital demain pour en avoir le cœur net et voir comment s'est passée l'opération.

— Gina, tu dors ? Tu en penses quoi de toute cette affaire, toi ?

— …

— Gina ? chuchoté-je encore en relevant légèrement la tête vers elle.

— …

C'est peine perdue pour ce soir, je crois. Ma meilleure copine dort aussi profondément que le Popocatépetl[5]… Il ne me reste plus qu'à essayer d'en faire autant.

5. Le Popocatépetl est un volcan du Mexique situé à soixante-dix kilomètres au sud-est de Mexico.

Samedi 18 février

9 H 30

— Gina, lève-toi !

— …

— Juliette ?

— Zzz…

— Ginaaa, Julieette ! LE-VEZ-VOOOUS !

— Hein, quoi ?

Encore à moitié endormie, je me redresse promptement. Il y a le feu quelque part ou quoi ? À côté de moi, Torkia dort toujours profondément, imperméable aux cris stridents de Ginette, tandis que Gina remue à peine. La tête de la mère de mon amie apparaît dans l'embrasure de la porte.

— Gino vous attend dans l'entrée avec deux petits garçons. Il n'est pas question que je joue les baby-sitters toute la journée, alors remuez-vous, les filles !

— Misère ! grogne Gina en cachant sa tête sous un oreiller comme pour se protéger. Je croyais pourtant qu'on était samedi. Le soleil se lève à peine !

— Ben justement, quand on est responsable d'enfants, on se lève en même temps que le soleil, ma cocotte, réplique sa mère. Allez, ouste !

10 H 30

Une fois notre petit-déjeuner avalé en vitesse, nous partons pour l'hôpital. Torkia, Yazid et Aziz nous accompagnent. Tarek, qui n'a que quinze mois, est resté chez Gino. L'air matinal est frais, mais il ne neige pas et nous sommes tous chaudement habillés. La mère de Gino a prêté des vêtements d'hiver aux garçons. Les petits sont si bien enveloppés qu'on dirait de miniastronautes. Ils sont absolument craquants ! Habiller Torkia a été plus compliqué, mais Ginette a pu récupérer quelques vêtements ayant appartenu à Gina qu'elle avait entreposés au sous-sol. Ils sont trop grands pour la fillette, mais une fois les manches et les bas de pantalon retroussés, le tour est joué. La petite fille babille comme la fée Clochette. À l'entendre, c'est le plus beau jour de sa vie. Le moins qu'on puisse dire, c'est qu'elle ne semble pas avoir conscience de l'aspect dramatique de la situation. C'est probablement mieux comme ça.

11 H

En arrivant à l'hôpital, nous commençons par nous enquérir du numéro de chambre de Youssef. Après son opération, il n'est certainement pas retourné à l'urgence. Il est dans la chambre 525, nous apprend le préposé aux renseignements à l'entrée. Nous prenons l'ascenseur pour nous rendre au cinquième étage. Les enfants sont très excités à l'idée de retrouver leur grand frère. Les pauvres petits ! Une fois sur le seuil, force est de constater que… Youssef n'est pas là. Ah non, ça ne va pas recommencer !

— Vous cherchez quelqu'un ? nous interroge une infirmière.

— Youssef Al Soudais. Il a été opéré pour une jambe cassée hier soir.

— C'est mon grand frère et il est très gentil, intervient Torkia, avec l'air fier de celle qui parle de son prince charmant.

— Je vois, répond l'infirmière en lui souriant. Tu as beaucoup de chance, je trouve. Serais-tu aussi la grande fille de Mariam ?

— C'est le nom de ma maman, se réjouit la fillette. Vous la connaissez? Elle est partie en voyage et c'est Youssef qui s'occupe de nous.

Une lueur de compassion s'allume dans le regard de l'infirmière, qui poursuit:

— Je la connais, oui. Elle est venue nous rendre une petite visite et ton grand frère est avec elle, chambre 505.

— Hein? Mais c'est le numéro de l'ancienne chambre de maman! m'étonné-je.

— C'est bien ce que je pensais, déclare Gino dont le visage triomphant donne à croire qu'il vient d'inventer le bouton à quatre trous ou quelque chose du genre.

— Qu'est-ce que tu dis? questionné-je.

— Tu verras bien. Allons voir ce qui se passe dans la chambre 505.

11 H 05

La petite vieille édentée et échevelée est à sa place habituelle, près de la porte. Au fond, là où se trouvait ma mère au début de la semaine, est couchée une jeune fille blonde à l'air maussade, branchée à un soluté. Quant à la très belle dame à la peau noire dans le lit du milieu, on lui a enlevé sa tente à oxygène et elle est assise dans son lit avec à côté d'elle nul autre que… Youssef. Je cligne des yeux. Se peut-il que cette femme soit apparentée à Youssef? Elle paraît à la fois très jeune et très digne. En les observant de plus près, c'est vrai que la ressemblance est frappante. Comment ne l'ai-je pas remarquée? Tous deux ont la même jolie bouche bien dessinée et les mêmes grands yeux aux paupières bordées de longs cils. Cela pourrait vouloir dire que chaque fois où nous avons croisé le garçon dans le Vieux-Québec, il revenait simplement de l'hôpital après avoir rendu visite à sa mère malade. Je me tape le front de stupeur. Mais oui, c'est sûrement ça!

—Maman! Maman! Youssef!

Torkia et ses petits frères se jettent littéralement dans les bras de la dame et de leur frère. Stupéfaite, celle-ci nous regarde sans comprendre. Quant à Youssef, il est certainement le plus surpris des deux.

—Vous avez tenu votre engagement…

—Bien sûr, vieux, lui confirme Gino en le gratifiant d'une tape sur l'épaule et en lui tendant la main. Alors, et cette opération?

—Tope-là, mon frère, répond Youssef en tendant la main pour faire un *high five*. Comme tu vois, je ne pourrai pas marcher pendant un moment, malheureusement.

— Qu'est-ce qui t'est arrivé, Youssef? Tu as mal? s'informe Torkia, qui vient de se rendre compte que son frère est assis dans une chaise roulante, la jambe gauche plâtrée du pied jusqu'à l'aine.

11 H 30

Nous avons laissé Yazid, Aziz et Torkia avec Youssef et leur mère avant de descendre au troisième étage voir comment se porte ma mère à moi. Nous la trouvons debout près de son lit, en train de rassembler ses affaires. Apparemment, le médecin lui a donné l'autorisation de sortir. Quelle bonne nouvelle! À la vitesse à laquelle elle s'exécute, je constate qu'elle a déjà repris des forces.

— Maman!

— Dans mes bras, pitchounette!

— Appelle-moi Jules, tu veux?

— Pourquoi? C'est si joli Juliette, ma poussinette!

Il me tarde de reprendre notre vie d'avant. Ce n'est pas que je n'aime pas habiter chez Gina, mais… je préfère vivre avec ma mère, finalement. Elle est tellement juste parfaite pour moi! ☺ Lorsque nous lui racontons nos aventures, nos doutes et les hypothèses que nous avons échafaudées sur Youssef toute la semaine, elle éclate de rire.

— Comme ça, vous avez cru que le fils de Mariam était à la solde d'un groupe terroriste ou de trafiquants quelconques ? Vous avez décidément beaucoup d'imagination, mes enfants !

— Ben quoi ? objecté-je, vexée. Ce sont des choses qui arrivent. On en parle parfois dans le journal. Tous les va-et-vient de Youssef cette semaine ne s'expliquent quand même pas par le seul fait que sa mère est à l'hôpital.

— Pourquoi pas ? rétorque maman. Ce courageux garçon a pris en charge toute sa famille depuis le début de la maladie de sa mère. Elle est restée alitée plusieurs jours avant de se résoudre à venir à l'hôpital. Il a lui-même déposé et récupéré ses petits frères matin et soir à la garderie, et il s'est occupé des courses et même du ménage.

— Ben justement, comment expliques-tu qu'il se balade dans les rues jusqu'à tard le soir et que nous l'ayons vu à l'entrée de service de l'hôtel Le Concorde plusieurs fois ? Et c'est sans compter cet édifice à bureaux de la place D'Youville dont il semble entrer et sortir à volonté à l'aide d'une carte magnétique qu'il s'est procurée on ne sait où !

— Mes pauvres enfants, les apparences sont parfois bien trompeuses et il vaut mieux éviter de laisser votre imagination vous emporter trop loin. La mère de Youssef m'a raconté qu'il donne un coup de main pour laver la vaisselle dans une des cuisines du Concorde. Quant à elle, elle fait des ménages dans un édifice à bureaux de la place D'Youville, après les heures de fermeture. Elle a eu peur de perdre son emploi si elle s'absentait en raison de sa maladie, alors Youssef a pensé bien faire en la remplaçant. Cela ne devait durer que quelques jours, mais Mariam étant très malade, la situation s'est aggravée et le pauvre garçon s'est retrouvé avec une charge bien trop lourde pour un enfant de son âge, j'en ai peur.

— Ça veut dire qu'il commençait sa journée en emmenant ses frères et sa sœur à la garderie, avant de partir à l'école, et qu'il devait ensuite retourner les chercher avant d'aller travailler ? s'indigne Gino.

— *OMG !* Voilà qui explique pourquoi il manquait parfois les cours ! commente Gina, comme frappée par la foudre.

— Enfin, c'est pas possible ! m'écrié-je. Et ça voudrait dire que le soir, après ces journées épuisantes, il faisait des ménages pendant que Torkia s'occupait des petits ! Il n'a que treize ans et elle huit !

— En tout cas, ça explique pourquoi il s'endort souvent en classe, conclut Gina dont la voix se brise soudain.

— Je crains que vous n'ayez raison, mes enfants. Ces pauvres gens ont quitté le Niger dans l'espoir d'une vie meilleure. Ils n'ont guère pu exaucer ce vœu jusqu'à présent. Leur existence ne me semble pas plus facile depuis leur arrivée que celle qu'ils ont connu là-bas.

Gros malaise. Plus personne ne parle et nous sommes tous perdus dans nos pensées. Quand je pense à l'opinion que j'avais de Youssef il y a à peine une semaine, j'ai terriblement honte... ☹ Un trafiquant ou un terroriste, pfff... Qu'est-ce que j'ai pu être bêêête !

Samedi 25 février

11 H 45

— Inspirez et mettez-vous à quatre pattes, les pieds écartés à la largeur des hanches, les mains espacées à la largeur des épaules. Expirez, retournez les orteils et soulevez le bassin en poussant les talons vers le sol. Len-te-ment. Voilà, détendez maintenant la nuque, relâchez les épaules, et conservez la posture *Adho Mukha Svanasana*, chien tête baissée.

Je ne sais plus comment elle a réussi cet EXTRAORDINAIRE exploit, mais ma mère m'a convaincue une nouvelle fois de l'accompagner à sa classe de yoga du samedi. Je ne saurais vous dire pourquoi, mais je l'ai fait de bon cœur aujourd'hui. Ma mère, je l'adore, et il paraît que le yoga pourrait bien lui permettre de vivre centenaire !

— Inspirez et ramenez à présent les mains vers les pieds. Expirez, poussez les genoux vers l'arrière, laissez votre colonne vertébrale s'allonger vers le bas et posez vos mains au sol. Inspirez et redressez lentement le buste tout en tendant les bras vers le ciel, *Tadasana*. Expirez, ramenez les deux bras le long du corps dans *Samasthiti*. Respirez. Expirez et joignez les mains, *Namaste*.

— Oh là là, le cours finit à quelle heure, déjà ? soufflé-je.

— Chuuut, me gronde maman. Tu m'empêches de me concentrer.

12 H 22

— Maintenant, allongez-vous sur le dos, et préparez-vous pour la relaxation finale, *Savasana* ou la posture du cadavre.

Je l'ai dit et je le répète : quel drôle de nom pour une posture ! Tandis que j'essaie de me détendre, les idées ne cessent de se bousculer dans mon crâne. J'ai survécu à une semaine entière sans ma mère qui s'est retrouvée presque à l'article de la mort à l'hôpital, j'ai quasiment donné toute seule les premiers soins à Youssef lorsque la voiture des malotrus l'a à moitié écrabouillé et j'ai contribué à sauver des enfants en perdition, alors pour la posture du cadavre, faudra repasser. J'aime bien trop la vie pour ça !

— Juliette, cesse de gigoter ! chuchote maman.

— Immobiles, les yeux fermés, res-pi-rez, poursuit la prof. Les paumes des mains tournées vers le ciel, concentrez-vous sur le souffle de votre inspiration et de votre expiration, et sentez se dissiper toutes les peurs, les angoisses et les incertitudes qui alourdissent votre cœur.

Hum... C'est vrai que c'est relaxant de respirer. Ça apaise les idées folles. Je tâcherai de m'en souvenir la prochaine fois que je serai tentée d'imaginer qu'un de mes camarades de classe est un apprenti terroriste. J'ai quand même hâte de sortir d'ici parce qu'ensuite, maman, Gino, Gina et moi avons prévu une activité importante. Ma mère, la très chère, connaît le nouveau chef exécutif des cuisines du Château Frontenac. Elle a fait sa connaissance lors d'un de nos voyages, paraît-il. Toujours est-il qu'il s'occupe d'œuvres de charité. Lorsque maman lui a téléphoné pour lui parler de la situation de la famille de Youssef, il a accepté de leur venir en aide et, cet après-midi, il nous a tous invités à prendre le thé.

— Quand vous serez prêtes, ramenez les bras et les jambes contre votre poitrine, laissez-vous doucement tomber du côté droit du tapis et, à l'aide de votre main gauche, remontez en position assise. *Namaste.*

— Choupinette ? Tu dors ?

— Zzzz...

13 H 55

Lorsque maman, Gina, Gino et moi arrivons dans le hall du Château Frontenac, Mariam, Youssef et les petits sont déjà là.

— Gina ! Juliette ! s'écrie Torkia en nous sautant dans les bras.

Gina presse très très fort la fillette contre son cœur. La maman des enfants étant sortie de l'hôpital lundi dernier, ceux-ci sont retournés dans leur maison dès le lendemain. Mais il faudrait être aveugle pour ne pas remarquer à quel point Torkia et Gina se sont attachées l'une à l'autre. Elles sont tellement belles à voir ! Afin de s'assurer de revoir la fillette, Gina a eu l'idée d'offrir gratuitement ses services de baby-sitting à Mariam. Cela permettra à Youssef de souffler un peu. Gino et moi avons jugé l'idée tellement bonne que nous avons proposé d'alterner les soirs de garde avec notre amie. Tout le monde semble ravi de l'arrangement.

Yazid et Aziz se chamaillent et se bousculent pour obtenir l'attention de Gino, au grand dam de

Youssef qui ne peut intervenir parce qu'il tient ses béquilles.

— Allez, dites-le que je vous ai manqué, taquine Gino en chatouillant les petits.

— Tu nous as apporté des bonbons ? s'enquiert effrontément Aziz.

— Non, répond mon chum, mais tu vas voir qu'il y a toutes sortes de bonnes choses à manger ici.

14 H

Touché par l'histoire de Mariam et de ses enfants, le chef du château a insisté pour faire quelque chose pour eux. Il a d'abord parlé au directeur de l'hôtel afin de lui demander de rassembler quelques meubles pour la famille. Il faut savoir que la plupart des hôtels changent régulièrement leur mobilier en raison du fort roulement de visiteurs. Ainsi, la famille a reçu pas moins de cinq nouveaux matelas pratiquement neufs en remplacement des deux mauvais matelas de lit double sur lesquels elle s'entassait auparavant et autant de commodes. On leur a aussi offert un sofa, des fauteuils et même un lit de bébé pour Tarek. Les employés de l'hôtel ont eux aussi souhaité participer et ils ont organisé une collecte de vêtements, de jouets, de vaisselle et de petits électroménagers. Cette formidable démonstration de solidarité n'a pas manqué de faire verser quelques larmes à ma mère et à Mariam. C'est cool, non ? En tout cas, Youssef a plein de nouveaux chandails en coton ouaté de couleurs vives et on ne risque plus de le voir habillé exclusivement de noir et de kaki. ☺

Le garçon a perdu son emploi au Concorde et il ne sera de toute façon pas sur pied avant plusieurs semaines. C'est triste, mais maman pense qu'à son âge, il ne devrait pas travailler autant, si ce n'est pour aider sa mère de temps en temps. Ce qui est sûr, c'est que si Mariam avait un travail de jour mieux rémunéré que son emploi actuel, leurs conditions de vie s'amélioreraient. Le directeur de l'hôtel a confié à maman qu'il pourrait peut-être lui proposer quelque chose. Si ça fonctionne, vous vous rendez compte qu'elle travaillera dans un château ? Wow, trop cool ! Je croise les doigts.

Quant à la conductrice de la Chevrolet Suburban, maman dit qu'elle a parlé aux policiers au téléphone et qu'ils lui ont appris qu'elle serait accusée de délit de fuite, sachant qu'elle est responsable de lésions corporelles, ainsi que de conduite en état d'ébriété. Sa cause sera entendue plus tard, mais son permis de conduire lui a été retiré et elle est passible d'une peine d'emprisonnement de dix ans. Ce n'est pas rien quand même.

En attendant, c'est jour de fête aujourd'hui et pas un nuage n'obstrue l'horizon. Tous installés dans le restaurant Le Champlain, nous attendons notre thé. Oui, je sais, ça peut avoir l'air bizarre d'inviter des enfants à boire du thé 😋, mais il y aura peut-être aussi du lait et des biscuits ! ☺

14 H 30

L'ami de maman est venu nous accueillir, puis nous a laissés entre nous. On nous a installés à une grande table située près de la fenêtre. D'ici, nous avons une vue magnifique de la terrasse Dufferin, du monument de Samuel de Champlain et des glissades de la terrasse, du fleuve et de la banquise. On distingue aussi très bien le traversier que nous avons pris l'autre jour. Se frayant un passage au milieu de la glace, le bateau laisse une trace d'eau qui serpente tel un mystérieux animal marin. C'est quand même agréable de profiter d'un aussi beau paysage, assis bien au chaud ! Oh, que j'aimerais vivre ici, moi ! Maman nous explique que c'était le cas de nombreuses familles, au début du XXe siècle.

— Vraiment ?

— Tout à fait, pitchounette. Elles profitaient ainsi de la vie de château sans avoir le souci de l'entretenir ou d'engager et de gérer elles-mêmes le personnel.

— Cool ! commente Gina.

— Mais aujourd'hui, plus personne n'en aurait les moyens. À l'époque, il s'agissait surtout des familles d'hommes d'affaires venus d'Europe pour travailler quelques années au Canada avant de s'en retourner chez eux.

— Ah bon ! réagit Gino que toutes les vieilles histoires passionnent.

Ma mère aime les détails. Quand on lui pose une question simple, on peut être à peu près certain d'avoir une loooongue réponse. Elle parle aussi quand on ne pose aucune question, d'ailleurs !

— Vous voyez la statue, juste là, Mariam ?

— Euh... oui.

— Eh bien, il s'agit d'un monument à la mémoire de Samuel de Champlain, le fondateur de la ville de Québec.

— Oh ! Je suis heureuse de l'apprendre ! s'exclame la maman de Youssef, intéressée.

— Champlain serait né en France, à Brouage, entre 1567 et 1574. Il n'existe aucun portrait réel de lui et beaucoup de mystère a toujours entouré le personnage. Songez qu'il était à la fois navigateur, cartographe, soldat, explorateur et même géographe.

— Wow ! s'émerveille Youssef. C'était un personnage important. Moi aussi, je rêve de devenir navigateur un jour.

— Si tu y crois très fort, il y a de grandes chances pour que ton rêve se réalise, lui assure maman avec un sourire.

— Le Niger, où je suis née, a déjà été une colonie française. C'est cette parenté avec le Québec qui nous a donné envie de venir ici, ajoute Mariam.

— Et nous sommes très heureux de vous avoir avec nous, affirme maman, une main chaleureusement posée sur l'épaule de sa nouvelle amie.

15 H

J'ai la bouche pleine, alors je serai brève, ce « thé d'après-midi » est sans doute l'un des plus copieux et des plus délicieux repas que j'aie dégusté depuis des mois. Je sais que les spaghettis à la sauce bolognaise de ma mère sont sublimes, mais là, nous avons droit à autant de tartes à la crème et au saumon fumé que nous voulons, à des sandwichs grillés au fromage, à des sandwichs au concombre (je sais, c'est inhabituel, mais succulent, je vous assure) et, les desserts... Attendez, il faut que je vous les décrive comme il faut. Le garçon qui nous sert s'appelle Anthony et il est très gentil. Une fois nos sandwichs engloutis et les assiettes débarrassées, il nous invite à nous rendre à la TABLE des desserts. Vous avez bien lu, au milieu de la salle, une table leur est entièrement réservée. Anthony nous apprend que c'est sa copine, prénommée Maude, la pâtissière du Château. En tout cas, sur la fameuse table, s'étalent toutes les pâtisseries et les petites douceurs sucrées que vous êtes capables d'imaginer. Une MONTAGNE de merveilles comprenant du sucre à la crème et du fudge, de la tarte aux fruits, des tartelettes aux pacanes, des fondants au chocolat, des verrines remplies de bleuets, de chocolat blanc, de crème pâtissière et de miel provenant des abeilles du château, et j'en oublie.

— Tu aimes les gâteaux, Youssef? s'amuse ma mère, tout sourire à la vue du garçon en train d'engloutir sa quatrième portion de tarte aux fruits.

— Hum... au lieu d'être navigateur, je me demande si je ne ferais pas mieux de devenir pâtissier, se ravise-t-il.

— Si c'est le cas, je t'épouse sans hésiter, laisse échapper Gina, sans même cligner des yeux.

Personne n'a semblé remarquer ce qui vient de se passer, mais on ne peut rien nous cacher, à moi et à mon instinct de détective en herbe. ☺ Depuis l'épisode de l'accident, j'ai constaté que quelque chose avait changé dans la façon qu'a mon amie de regarder Youssef. Que je sois transformée en statue de sel si je me trompe, mais je crois que Gina est un peu amoureuse de lui ! Voilà qui devrait mettre du piquant dans nos sorties du week-end !

— Dis, Youssef, tu fais quoi, ce soir ? m'informé-je. Je me demandais si tu avais envie de venir jouer avec nous à des jeux vidéo, chez moi.

— Quelle bonne idée ! s'écrie Gina, les yeux brillants tout à coup.

— Je croyais qu'on allait patiner, objecte Gino, l'air ahuri de celui qui n'a rien compris.

— Youssef a la jambe dans le plâtre, voyons, Gino, lui rappelé-je en lui assénant un petit coup sous la table.

— Et puis, je ne sais pas patiner, s'excuse Youssef, honteux.

— Quand le moment sera venu, ne t'inquiète pas, je t'apprendrai, se vante Gina. Je suis championne dans le domaine !

C'est une histoire à suivre. ☺

Sur les pas de Juliette

MINIGUIDE DE TA VISITE À QUÉBEC

Le Québec est une province du Canada dont la capitale est la ville de Québec et la langue officielle, le français. Ça, tu ne l'ignores sans doute pas. Mais sais-tu que c'est à Québec que je suis née et que je grandis ? ☺ J'adore cette ville et j'espère que tu l'aimes ou l'aimeras tout autant !

Plus de 8 millions de Québécois vivent dans la province, dont près de 800 000 sont établis comme moi dans la Communauté métropolitaine de Québec. La capitale représente la seconde ville en termes de population, puisqu'elle se place derrière Montréal.

Québec

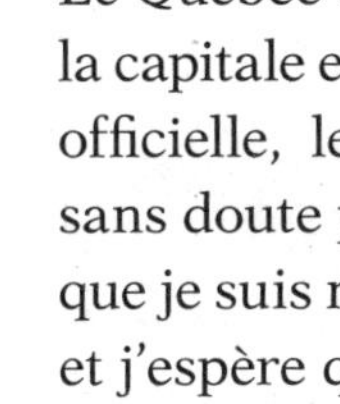

Berceau de la langue française en Amérique, ma ville natale est célèbre autant pour sa grande beauté que pour la chaleur de l'accueil qu'elle réserve à ses visiteurs. Le Vieux-Québec, arpenté chaque année par plusieurs centaines de milliers de touristes, a été déclaré patrimoine mondial par l'UNESCO en 1985. On dit de Québec qu'elle est « la plus européenne » des villes d'Amérique du Nord. Pour en savoir plus, suis-moi !

ARRIVER À QUÉBEC

On atteint à Québec à l'aéroport international Jean-Lesage ou on arrive en train à l'une de ses deux gares ferroviaires. Deux gares d'autobus la relient également aux principales autres villes québécoises.

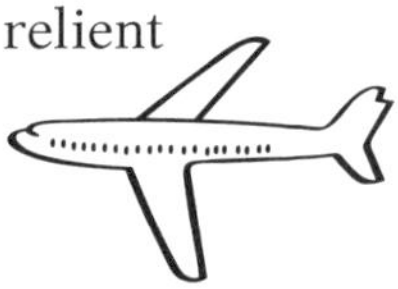

www.aeroportquebec.com

http://www.viarail.ca/fr/decouvrez-nos-destinations/gares/quebec/quebec

http://www.orleansexpress.com

Une fois sur place, la meilleure solution est de prendre un taxi pour te rendre au lieu de résidence que ta famille et toi aurez choisi.

SE DÉPLACER

Les deux meilleurs moyens de se déplacer à Québec sont la voiture et l'autobus. Il n'y a pas de réseau de métro, mais le centre-ville et les principaux quartiers s'explorent facilement à pied, en toute sécurité.

Pour des détails sur le réseau de transport en commun, consulte le site Internet du Réseau de transport de la Capitale (RTC).

http://www.rtcquebec.ca

MÉTÉO

Les quatre saisons sont bien marquées à Québec où chacune offre ses couleurs particulières. En janvier, si le mercure oscille en moyenne entre – 6° Celsius et – 18° Celsius, il est aussi possible de vivre l'expérience d'un glacial – 25° Celsius, voire pire ! Brrr.... En hiver, il est donc impératif de prévoir non seulement des bottes et un manteau doublés, mais également des chaussettes épaisses, des mitaines, un bonnet, un foulard et quelques chandails.

En juillet, par contre, la température moyenne tourne autour de 23° Celsius. Ouf ! Avoue que c'est tout un écart ! ☺ Shorts, t-shirts et sandales sont alors de mise, de même qu'un bon imperméable, puisque le temps est souvent humide.

Pour te familiariser avec nos prévisions météorologiques, n'hésite pas à consulter le site Internet d'Environnement Canada.

http://meteo.gc.ca/city/pages/qc-133_metric_f.html

QUÉBEC
CANADA
Québec
Rue Saint-Joseph
Boulevard Charest
Rue Dorchester
Citadelle de Québec
Rue Saint-Jean
Musée nationnal
des beaux-arts du Québec

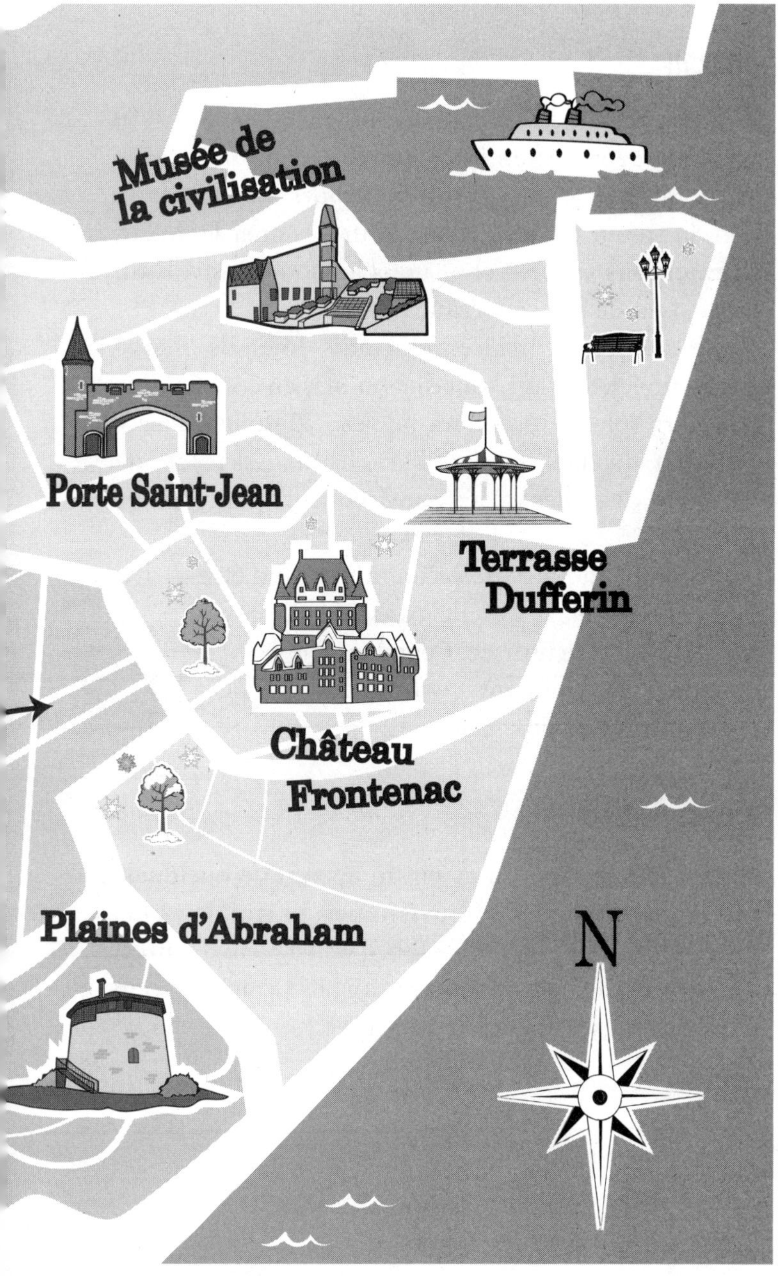
Musée de
la civilisation
Porte Saint-Jean
Terrasse
Dufferin
Château
Frontenac
Plaines d'Abraham
N

MONNAIE

Le dollar canadien est la devise officielle du pays. Il se divise en cents. Attention à ne pas le confondre avec le dollar américain, qui n'a pas cours au Canada et dont la valeur est différente. Pour désigner le dollar, tu entendras souvent chez nous le mot « piastre », un terme issu de l'ancien français.

De couleurs différentes, mais tous de même dimension, les billets sont disponibles en coupures de 5 dollars (bleu), 10 dollars (violet), 20 dollars (vert), 50 dollars (rouge) et 100 dollars (brun). Les pièces de monnaie, de tailles variées, se déclinent ainsi : 5 cents, 10 cents, 25 cents, 1 dollar et 2 dollars.

Bien que la pièce de 1 cent ait cessé d'être distribuée en février 2013, elle conserve un cours légal et peut être utilisée. Cependant, les commerçants sont invités à arrondir les sommes qui leur sont dues.

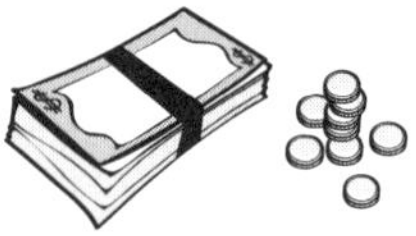

VISITER

En ma compagnie, tu as eu un aperçu de quelques-unes des attractions touristiques parmi les plus prisées des ados, en hiver. Mais il y en a plein d'autres, et n'oublie pas qu'il y a quatre saisons ! Voici un coup d'œil sur mes lieux et sites préférés.

HAUTE-VILLE

L'Observatoire de la Capitale

Il est situé à 221 mètres d'altitude, ce qui en fait le plus haut sommet de la ville. À travers ses immenses baies vitrées, tu pourras admirer sur 360 degrés non seulement la capitale, mais aussi toute sa région. Absolument magnifique, parole de Jules !

1037, rue De La Chevrotière, 31e étage
Québec
http://www.observatoire-capitale.com

La place D'Youville

La place D'Youville est l'un des centres névralgiques de Québec. L'hiver, on y patine en musique. L'été, on y voit des amuseurs publics et des spectacles musicaux y sont présentés.

Le lieu historique national des Fortifications-de-Québec

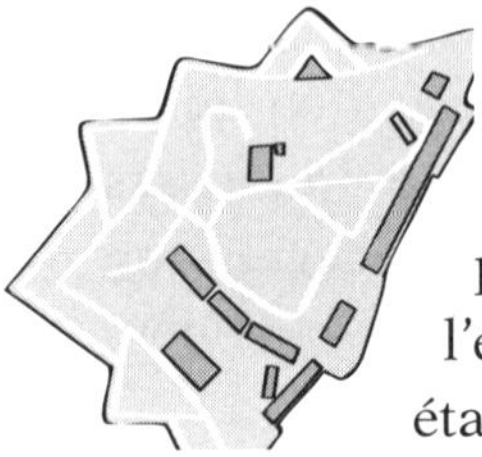

Le lieu historique national des Fortifications-de-Québec commémore le système défensif mis en place à Québec entre 1608 et 1871. À l'époque coloniale, la ville de Québec était la principale place forte du Canada. Cet endroit invite à découvrir la richesse de ce passé militaire. Songe que Québec est la seule ville au nord du Mexique à avoir conservé ses fortifications ! On dit que celles-ci ont largement contribué à l'inscription de la ville sur la prestigieuse liste du patrimoine mondial de l'UNESCO.

2, rue d'Auteuil
Québec
http://www.pc.gc.ca/fra/lhn-nhs/qc/fortifications/index.aspx

Le lieu historique national des Forts-et-Châteaux-Saint-Louis

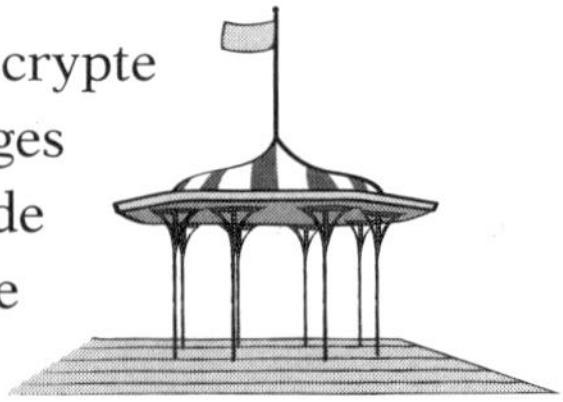

Sous la terrasse Dufferin, une crypte archéologique dévoile les vestiges de ce qui a été pendant plus de 200 ans la résidence officielle et le siège du pouvoir des gouverneurs français et britanniques. Vas-y faire un tour pour tout savoir sur le passé de ce lieu historique.

Terrasse Dufferin
http://www.pc.gc.ca/fra/lhn-nhs/qc/saintlouisforts/index.aspx

Le parc des Champs-de-Bataille

Théâtre d'affrontements dont l'issue a scellé le sort de l'Amérique, le parc des Champs-de-Bataille, aussi connu sous le nom des plaines d'Abraham, est un immense parc urbain où les Québécois aiment particulièrement se réunir. La vue du fleuve y est magnifique et de grands rassemblements y ont lieu, été comme hiver. On y célèbre entre autres le Carnaval de Québec, la Fête nationale et le Festival d'été de Québec, un très fameux festival musical ayant traditionnellement lieu en juillet.

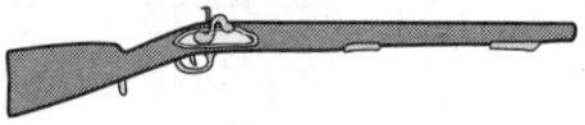

http://www.ccbn-nbc.gc.ca

BASSE-VILLE

La place Royale

C'est sur la place Royale que Samuel de Champlain a construit sa première habitation, en 1608. Celle-ci a ensuite été remplacée par l'église Notre-Dame-des-Victoires, toujours debout. Tout près, la rue du Petit-Champlain est la plus ancienne rue d'Amérique du Nord et l'escalier Casse-Cou, le plus vieil escalier de la ville (il daterait de 1635). Aujourd'hui, le quartier environnant abrite nombre de commerces et de restaurants très charmants. Ma mère aime s'y promener autant que moi. ☺

1, place Royale
Québec

Le Musée de la civilisation

Le Musée de la civilisation s'élève tout près du site historique de Place-Royale. Il figure parmi les musées les plus fréquentés au Canada, et pour cause, destiné principalement aux jeunes et aux familles, l'endroit est absolument magique. Il se distingue par sa façon tout à fait novatrice de présenter l'histoire et les civilisations grâce à des thématiques attirantes et des parcours multimédias où plus d'un sens est mis à contribution. Je l'adore !

85, rue Dalhousie
Québec
https://www.mcq.org

La promenade Samuel-De Champlain

Située sur le boulevard du même nom, la promenade Samuel-De Champlain longe le fleuve sur plus de deux kilomètres. C'est un lieu privilégié autant pour les piétons que pour les cyclistes et adeptes de patins à roulettes. À ne pas manquer !

Boulevard Champlain
http://www.capitale.gouv.qc.ca/parcs-et-places-publiques/parcs/promenade-samuel-de-champlain

EN PÉRIPHÉRIE

Le parc de la Chute-Montmorency

Tu as déjà entendu parler de la chute Montmorency, n'est-ce-pas ? ☺ D'une hauteur de 83 mètres, soit 30 mètres de plus que les chutes du Niagara, elle fait indéniablement notre fierté, en se précipitant entre fleuve et falaise. Elle est agrémentée d'un parc au décor spectaculaire, d'un téléphérique impressionnant et d'un escalier panoramique (pour qui n'a pas peur de se mouiller). Si le cœur t'en dit, en hiver, la chute lance un défi d'envergure aux amateurs d'escalade sur glace.

5300, boulevard Sainte-Anne
http://www.sepaq.com/ct/pcm/

L'Aquarium du Québec

Viens rencontrer et te familiariser avec les 10 000 animaux marins qui peuplent cet aquarium abritant des locataires tout à fait représentatifs de la faune aquatique de chez nous : poissons, reptiles, amphibiens, invertébrés et mammifères marins. Parmi eux, les ours blancs, les morses et les phoques te feront vivre des moments uniques. Tu pourras même assister à leur repas ou à leur entraînement. Couvrant 16 hectares, le vaste site est bien aménagé. En été, tu pourras en profiter pour pique-niquer ou te rafraîchir dans les jeux d'eau. En hiver, il ne faut pas manquer le Festi Lumière et son parcours de la forêt enchantée !

1675, avenue des Hôtels
Québec
http://www.sepaq.com/ct/paq/

Le Village Vacances Valcartier

Été comme hiver, le Village Vacances Valcartier attend les amateurs de sensations fortes. Situé à 20 minutes de Québec en voiture, le parc d'attractions offre en hiver des glissades vertigineuses, une gamme complète de sports extérieurs et même un parc aquatique intérieur.

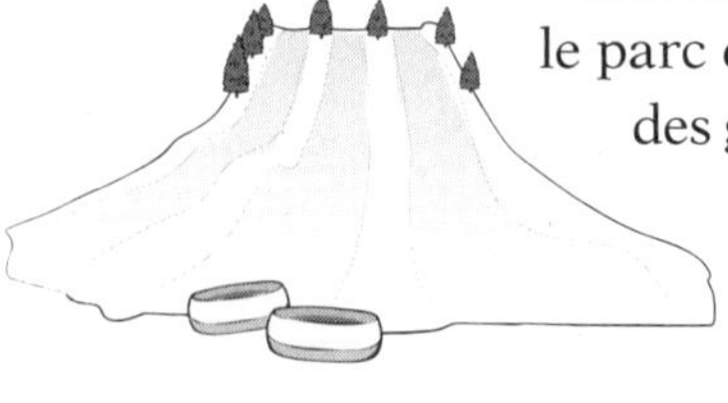

En été, c'est un lieu de baignade, de jeux d'eau et de rafting unique et spectaculaire. Qu'on se le tienne pour dit : l'audacieux complexe récréo-touristique vaut absolument le détour !

1860, boulevard Valcartier
Valcartier
http://www.valcartier.com

TRAÎNE SAUVAGE OU TOBOGGAN

Pour ceux qui l'ignorent, une « traîne sauvage », c'est un « toboggan » ou encore, si vous préférez, une luge. D'origine amérindienne, ce traîneau est constitué de lamelles de bois dont l'avant est recourbé à la vapeur, comme pour former un J. Le passager à l'avant place ses pieds dans la boucle et chacun des autres passagers (leur nombre dépend de la longueur du toboggan) étend ses jambes de chaque côté de la personne qui le précède et la tient par la taille. Plus il y a de gens, plus le toboggan glisse vite ! Tous les enfants du Québec sont initiés très tôt aux joies de la glisse sur les pentes enneigées…

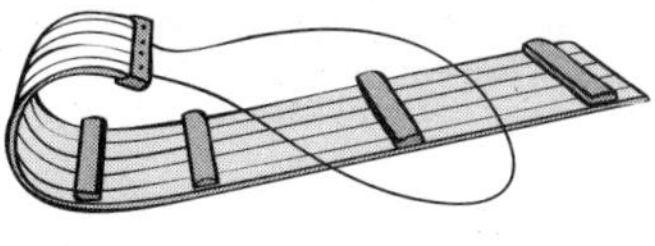

Le Site traditionnel huron

Je suis prête à parier que tu désires en savoir plus au sujet des Amérindiens ! Je me trompe ? Le lieu idéal pour approfondir tes connaissances est la réserve des Hurons-Wendat, à Wendake, en banlieue de Québec. Une visite de ce site traditionnel constitue l'occasion unique de découvrir l'histoire, la culture, la cuisine, les danses et le mode de vie des Hurons d'hier et d'aujourd'hui. Il ne faut surtout pas manquer ça !

575, rue Chef Stanislas Koska
Wendake
http://www.huron-wendat.qc.ca

La station touristique Stoneham

Tu aimes skier ? Moi aussiii ! ☺ La station touristique Stoneham est un centre de ski alpin situé dans la municipalité de Stoneham-et-Tewkesbury, à 30 kilomètres au nord de Québec. C'est une station familiale et les amateurs de planche à neige y sont aussi les bienvenus !

600, chemin du Hibou
Stoneham-et-Tewkesbury
http://ski-stoneham.com

Les Galeries de la Capitale

Ce centre commercial est tout à fait original puisqu'en plus d'offrir une galerie marchande composée de boutiques et de restaurants, il comporte aussi un parc d'attractions intérieur et des manèges en tout genre : des montagnes russes, une grande roue, un carrousel, un bowling, un petit train, un mur d'escalade, une immense patinoire, un parcours de minigolf et bien plus encore. Très cool !

5401, boulevard des Galeries
Québec
https://www.galeriesdelacapitale.com

Simons

Véritable institution, la chaîne de magasins de vêtements pour hommes et femmes Simons a vu le jour à Québec en 1870, au 20, côte de la Fabrique, dans le Vieux-Québec. Si l'enseigne a donné naissance à plusieurs succursales depuis, Simons n'en demeure pas moins le chouchou des Québécois grâce, notamment, à son souci inégalé d'excellence et à la qualité de son service à la clientèle. Il y en a pour toutes les bourses et tous les goûts chez Simons.

http://www.simons.ca

MANGER

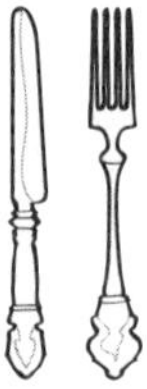

Québec regorge de restaurants. Le choix est vaste et la qualité de la nourriture est généralement excellente partout, qu'il s'agisse d'un simple casse-croûte ou d'un restaurant de cuisine internationale réputé. Dans la plupart des cas, le service est également empressé et courtois. Le pourboire, non inclus dans le prix du repas, est obligatoire et fixé à 15 % minimum.

En visite à Québec, tu ne voudras pas manquer de goûter à une de nos poutines. D'après ma mère, on mange la meilleure poutine au monde à La Korrigane, une brasserie familiale située tout près de chez moi, dans le quartier Saint-Roch, où les enfants sont autant les bienvenus que les adultes. La propriétaire, Catherine Foster, en a elle-même concocté la recette. En plus des frites et du fromage en grain, elle ajoute du bacon artisanal, des grains de maïs grillé et quelques autres ingrédients secrets dont, parfois, une sauce à base de chimichurri[1]. Si tu passes dans le coin, il faut absolument y goûter. Pense à saluer Catherine de ma part et donne-m'en des nouvelles !

380, rue Dorchester
Québec
http://www.korrigane.ca

---

1. Le chimichurri est un condiment originaire d'Argentine (comme mon Gino !).

Enfin, véritable trésor de la gastronomie québécoise, le sirop d'érable est présent dans tous les garde-mangers de la région. On s'en sert dans mille et un plats et desserts. Une visite dans l'une de nos traditionnelles cabanes à sucre, où l'on apprête et sert les produits de l'érable, est obligatoire si ta famille et toi êtes de passage chez nous au mois de mars ou d'avril.

DORMIR

Fairmont Le Château Frontenac

Depuis plus d'un siècle, Fairmont Le Château Frontenac est un lieu mythique qui fait rêver. Jeunes et moins jeunes, vedettes de cinéma ou du show-business, personnalités du monde du sport ou de la politique, tous prennent plaisir à découvrir les

charmes du Château et renouvellent l'expérience encore et encore. Que ce soit le temps d'une visite ou pour y dormir, l'hôtel le plus photographié du monde vaut indéniablement la peine d'être vu !

1, rue des Carrières
Québec
http://www.fairmont.fr/frontenac-quebec/

L'Hôtel de Glace

Dorénavant situé sur le site du Village Vacances Valcartier, l'Hôtel de Glace est à découvrir chaque hiver avec ses voûtes de neige, ses sculptures de glace et sa quarantaine de chambres et suites à faire rêver. Envie de le visiter ou d'y passer la nuit ? C'est une expérience à nulle autre pareille ! L'hôtel ouvre généralement ses portes du début du mois de janvier jusqu'à la fin mars.

1860, boulevard Valcartier
Valcartier
http://www.hoteldeglace-canada.com

Pour d'autres renseignements touristiques sur Québec et sa région

Consulte le site Internet de l'Office du tourisme de Québec :

http://www.quebecregion.com/fr/

UN PEU D'HISTOIRE

C'est en 1608 que commence l'histoire de la ville de Québec, berceau de la langue française en Amérique, avec l'établissement d'une colonie par l'explorateur Samuel de Champlain. Tu l'auras deviné, à l'époque, les conditions de vie en Nouvelle-France étaient on ne peut plus difficiles. Les hommes et les femmes qui se sont installés ici dans l'espoir d'une vie meilleure ont dû travailler avec acharnement à la réalisation de leurs rêves. Aujourd'hui, si ma terre natale est un lieu ouvert sur le monde, où il fait bon vivre et grandir, où règnent la liberté et l'égalité, c'est grâce, entre autres, au courage, à la formidable capacité d'adaptation, à la force de travail et à l'ingéniosité de mes ancêtres.

SAMUEL DE CHAMPLAIN

Né en France entre 1567 et 1574, Samuel de Champlain était à la fois navigateur, cartographe, grand explorateur, dessinateur, écrivain et plus encore. On lui doit l'implantation de la première colonie française en Amérique du Nord, la « Nouvelle-France », appellation qui désignait au XVIe siècle un territoire immense, allant du Québec actuel jusqu'au cap Cod. Champlain a fondé Québec le 3 juillet 1608 avec le soutien du roi de France Henri IV et le consentement du chef montagnais (innu) Anadabijou. Il est célèbre non seulement pour sa hardiesse, mais également pour ses divers talents et pour ses relations privilégiées avec les tribus amérindiennes dont il décrit les traditions et avec qui il conclut de précieuses alliances. Chez nous, cet homme est considéré comme un héros. Malheureusement, aucun portrait authentique de ce personnage historique n'existe. Toutes les représentations qui en sont faites se sont avérées factices ou sont des interprétations libres. Un magnifique monument à sa mémoire s'élève pourtant à l'entrée de la terrasse Dufferin. Champlain est mort à Québec le 25 décembre 1635.

CHRONOLOGIE

1608 Samuel de Champlain fonde la ville de Québec, le 3 juillet.

1663 Les premières Filles du roi arrivent en Nouvelle-France, qui obtient le statut de province royale sous Louis XIV.

1665 L'intendant Jean Talon amorce son programme de peuplement et le développement de la colonie.

1672 Louis de Buade, comte de Frontenac, est nommé gouverneur de la Nouvelle-France.

1692 Marie-Madeleine Jarret de Verchères, âgée de 14 ans, devient une héroïne de la Nouvelle-France en défendant le fort de sa famille, assailli par les Iroquois.

1712 Apogée de la Nouvelle-France qui s'étend de Terre-Neuve aux Rocheuses et de la baie d'Hudson au golfe du Mexique.

1720 On compte 35 000 francophones en Amérique du Nord, alors que les colonies britanniques totalisent déjà presque un demi-million d'anglophones.

1731 Début de la construction du Chemin du Roy destiné à relier Québec et Montréal.

1745 Mise en chantier des fortifications permanentes de la ville de Québec.

1759 Les troupes de James Wolfe envahissent la seigneurie de Lauzon à la Pointe-Lévy pour bombarder Québec. Bataille des plaines d'Abraham. Capitulation de Québec.

1763 La guerre de Sept Ans prend fin avec la signature du traité de Paris qui démantèle la Nouvelle-France. Le Canada est renommé *Province of Quebec* par proclamation royale.

1783 À la suite de la reconnaissance par la Grande-Bretagne de l'indépendance de ses anciennes colonies américaines, environ 6 000 loyalistes s'établissent dans la *Province of Quebec*.

1791 Le Canada est divisé en deux provinces, le Haut-Canada (Ontario) et le Bas-Canada (Québec), dirigées chacune par un Parlement élu.

1792 Élection des premiers députés.

1837 Soulèvement des patriotes dans le Bas-Canada, réprimé par la pendaison de douze hommes en 1838. Le Parti patriote réclamait des réformes politiques importantes.

1841 Entrée en vigueur de l'Acte d'Union qui crée la Province du Canada. Le Haut et le Bas-Canada sont réunis pour constituer une colonie unique.

1845 Immigration massive en provenance d'Irlande où sévit une grande famine.

1852 Fondation de l'Université Laval, première université de langue française en Amérique.

1867 L'Acte de l'Amérique du Nord britannique est adopté au Parlement britannique. Le Québec est dorénavant une province canadienne.

1900 Alphonse Desjardins fonde à Lévis la première caisse d'épargne populaire en Amérique du Nord.

1917 Parachèvement du pont de Québec, après qu'il s'est effondré à deux reprises. Il est considéré comme un chef-d'œuvre mondial d'ingénierie.

1939 Le Québec adopte la devise *Je me souviens*.

1940 Les femmes obtiennent enfin le droit de vote au Québec.

1975 La Charte des droits et libertés de la personne du Québec est adoptée par l'Assemblée nationale et entre en vigueur l'année suivante.

1976 Le Parti québécois est élu pour la première fois et forme le premier gouvernement souverainiste du Québec.

1977 Adoption de la Charte de la langue française (loi 101).

2008 400e anniversaire de la ville de Québec.

2012 Pauline Marois devient la première femme à diriger le Québec.

20xx Visite de Juliette Bérubé.

20xx Ta visite.

QUESTIONNAIRE

Pssst! As-tu bien retenu ce que tu as lu? Mets tes connaissances et ta mémoire à l'épreuve en répondant au questionnaire qui suit.

1. Le Château Frontenac est l'icône de la ville de Québec. Il s'est rendu célèbre en tant que:

a) Palais de Louis de Buade, comte de Frontenac
b) Palais de glace de Bonhomme, roi du Carnaval d'hiver de Québec
c) Premier hôtel de luxe de la ville de Québec
d) Hôtel du Parlement

2. Sur la place D'Youville est érigé un monument du sculpteur québécois Alfred Laliberté ayant pour nom *Les muses*. Que désigne ce terme?

a) Les muses de la place D'Youville sont des gargouilles, sortes de démons sculptés, semblables à celles qui ornent la cathédrale Notre-Dame de Paris
b) Les muses sont des personnages historiques ayant participé à la fondation de la ville de Québec

c) Ce nom est en fait l'abréviation de *Les Museaux* et la sculpture représente cinq chiens de traîneaux
d) Les muses sont des déesses destinées à inspirer les artistes

3. Qu'est-ce qu'une majorette ?

a) Il s'agit de l'équivalent féminin de « major », c'est-à-dire un grade militaire correspondant à un poste de commandement
b) C'est une voiture automobile reproduite en miniature
c) C'est une jeune fille, habillée d'un costume de parade, qui défile au rythme de la musique des tambours et des clairons en maniant artistiquement un bâton métallique
d) Il s'agit de la caisse de résonnance d'un gros tambour utilisé lors des parades

4. Le personnage de Youssef est né au Niger. Il s'agit d'un pays situé :

a) En Asie, juste en dessous de la Chine
b) En Afrique de l'Ouest
c) En Amérique du Sud, à côté de l'Argentine (où est né le personnage de Gino)
d) Aux États-Unis

5. La mésange à tête noire passe l'hiver chez nous. Que fait-elle quand elle chante?

a) Elle zinzinule
b) Elle turlutte
c) Elle bourdonne
d) Elle hulotte

6. Qui est Émile Nelligan?

a) Un célèbre poète québécois du début du XXe siècle
b) Le premier ornithologue américain à étudier la mésange à tête noire
c) Le professeur de français de Juliette
d) Un copain de classe de Gino, Gina et Juliette

7. Trouve l'intrus parmi les poissons suivants:

a) La truite
b) La morue
c) Le doré
d) La perchaude
e) Le brochet
f) La lotte

8. Qu'est-ce qu'une brimbale?

a) Une pièce d'équipement souvent utilisée lors de la pêche sous la glace
b) Une cuve servant à recueillir les poissons qui viennent d'être pêchés
c) Une pièce du moteur d'un bateau
d) Un surnom que l'on donne à une fille qui excelle à la pêche

9. Qui était Madeleine de Verchères ?

a) La muse de la musique

b) Une célèbre poétesse québécoise

c) Une héroïne de la Nouvelle-France qui a défendu le fort de sa famille lors d'une attaque des Iroquois

d) La fille aînée de Samuel de Champlain

10. Quel est le nom de la plus ancienne rue en Amérique du Nord ?

a) La rue Saint-Jean

b) Le boulevard Champlain

c) La rue du Petit-Champlain

d) Le boulevard Jacques-Cartier

11. À quoi correspond la date historique du 3 juillet 1608 ?

a) À la découverte du Canada par Jacques Cartier

b) À la construction du Château Frontenac

c) À la date de naissance de Marianne, la mère de Juliette

d) À la fondation de la ville de Québec par Samuel de Champlain

12. En 1845, le Québec voit l'arrivée massive d'immigrants en provenance d'Europe. De quel pays sont-ils majoritairement issus ?

a) De Syrie
b) De France
c) Du Mexique
d) D'Irlande

Réponses en page 249

Ton carnet de visite

Date: ______________________ **Météo:** ________________

Visites du jour: ____________________________________

____

____

____

____

Avec qui? ____

Tes impressions: ___________________________________

____

____

____

____

____

____

____

____

____

____

____

Date: ______________________ **Météo:** ______________

Visites du jour: ______________________________

____

____

____

____

Avec qui? ______________________________

Tes impressions: ______________________________

Date: ______________________ **Météo:** ______________

Visites du jour: ______________________________________

____

____

____

____

Avec qui? ______________________________________

Tes impressions: ______________________________________

Date: ______________________ **Météo:** ______________

Visites du jour: ______________________________

____

____

____

____

Avec qui? ______________________________

Tes impressions: ______________________________

____

____

____

____

____

____

____

____

____

____

____

____

____

____

Date: ____________________ **Météo:** ______________

Visites du jour: ______________________________

____

____

____

____

Avec qui? ______________________________

Tes impressions: ______________________________

Date: ____________ **Météo:** ____________

Visites du jour: ____________

Avec qui? ____________

Tes impressions: ____________

Date: ________________ **Météo:** ____________

Visites du jour: ________________________

Avec qui? ________________________

Tes impressions: ________________________

Date: ______________ **Météo:** ______________

Visites du jour: ______________

Avec qui? ______________

Tes impressions: ______________

RÉPONSES AU QUESTIONNAIRE

1. c) Le Château Frontenac est un hôtel de luxe dont la vue donne sur le fleuve Saint-Laurent. Quant au Palais de Glace, il s'agit de la résidence éphémère de Bonhomme lors du Carnaval de Québec. Il est reconstruit chaque année. Enfin, l'hôtel du Parlement est l'endroit où siège l'Assemblée nationale et on n'est pas censé y dormir… ☺

2. d) Dans la mythologie antique, une muse est une des neuf déesses destinées à inspirer les artistes. À ne surtout pas confondre avec la partie antérieure de la face de certains animaux que l'on appelle… museau ! 😜

3. c) Bien sûr ! Si tu as confondu avec la caisse de résonnance d'un gros tambour, tu es vraiment une banane…

4. b) En Afrique de l'Ouest. Bravo !

5. a) Elle zinzinule, évidemment !

6. a) Un célèbre poète québécois du début du XXe siècle. Tu en as entendu parler à l'école ?

7. b) La morue est la seule des espèces parmi celles énumérées que l'on ne peut pas pêcher dans le fleuve Saint-Laurent devant Québec.

8. a) Une pièce d'équipement utilisée pour la pêche sous la glace.
9. c) Une héroïne de la Nouvelle-France. Si tu as répondu autre chose, tu dois, comme Juliette, écouter plus sérieusement en classe d'histoire!
10. c) La rue du Petit-Champlain.
11. d) Si tu as répondu c), j'en connais une qui ne sera pas contente! Sérieux! lol ☺
12. d) D'Irlande, bien entendu.

Si tu as accumulé neuf bonnes réponses ou plus, tu es un génie. Toutes mes félicitations! Si tu as moins de quatre bonnes réponses, tu es décidément une banane! Désolée...

De la même auteure

Juliette à New York, roman, Montréal, Hurtubise, 2014.
Juliette à Barcelone, roman, Montréal, Hurtubise, 2014.
Juliette à La Havane, roman, Montréal, Hurtubise, 2015.
Juliette à Amsterdam, roman, Montréal, Hurtubise, 2015.
Juliette à Paris, roman, Montréal, Hurtubise, 2016.
Juliette à Rome, roman, Montréal, Hurtubise, 2017.
Juliette à San Francisco, roman, Montréal, Hurtubise, 2017.
Juliette à Londres, roman, Montréal, Hurtubise, 2018.
Juliette à Hollywood, roman, Montréal, Hurtubise, 2018.
Juliette à Athènes, roman, Montréal, Hurtubise, 2019.

Suivez Juliette sur Facebook:
https://www.facebook.com/SerieJuliette

Viens nous rejoindre
/HpourHurtubise
/editions_hurtubise

Réimprimé en mars 2020
sur les presses de l'imprimerie Marquis-Gagné
Louiseville, Québec

Imprimé sur papier québécois 100% recyclé